코믹
삼국지

최
승
태

하움출판사

| 목차 |

제 1 장
황건적의 난

"아, 시바! 존나 배고프다. 봉기하자!"

대현양사 장각은 단지 배고프다는 이유 하나만으로 장량과 장보, 농민들을 끌어 모아 반란을 일으켰다. 그들은 남피를 기점으로 세력권을 늘려나갔다.

"ㅋㅋㅋㅋㅋㅋㅋㅋㅋ!"

연합군이 얼마나 약했으면 황건적이 저렇게 ㅋㅋ대며 진군을 할까…? 하여튼 연합군은 황건적에게 속수무책으로 당했다. 그나마 주력이라 할 수 있었던 동탁은 생각했다.

"으으 시벌! 우리 군사들에게 치킨을 풍족하게 먹였는데도 이렇게 파죽지세로 밀리다니!"

저 대사에 개그가 있는지 없는지는 알아서 판단하길 바란다. 하여튼 동탁 군은 강가를 뒤로하고 퇴로를 차단당해 바람 앞에 촛불이 되고 말았다. 통닭이 외쳤다.

"으으, 누가 저 황건적들을 쳐부술 자는 없느냐!?"

"예, 없습니다!"

대부분의 병사가 일제히 소리쳤다. 그동안 병사들을 잘 훈련시켰다고 생각한 동탁이 크게 좌절하였다.

"시벌래미… 우린 다 뒤졌구나!"

"뒤지지 않았습니다. 통닭님!"

그때였다. 우람한 몸집에 용맹이 있어 보이는 장수 하나가 동탁 진영에서 튀어나왔다. 그는 바로 화웅이었다. 그를 따라 이각, 곽사, 우보, 장제, 번조도 같이 나왔다. 나머지 4명은 왜 늦게 나왔냐면 적들이 두렵고 용맹이 후달려서다. 화웅 외 4명이 선진을 맡으니 황건적들이 그들의 용맹이 밀려 뒤로 내빼기 바빴다. 결국, 동탁의 승리였다. 동탁이 단상에 올라서서 화웅을 제외한 5명에게 소리를 고래고래 질렀다.

"야, 이 개새끼들아! 화웅이 아니었으면 다 뒈졌다! 반성하도록 해라!"

"성은이 망극하옵니다!"

・・・・・・・・・・・

평원에 존잘남, 유비란 인물이 하나 있었다. 그는 돈이 없어 돗자리 장수를 하며 목숨을 연명하고 있었다. 워낙 손 빠르기가 빨라서 그런지, 이제 평원에는 1인 1 돗자리씩 갖게 되었다. 슬슬 거주지를 다른 마을로 옮기기 전에 주막에 들렀는데, 거기엔 주변인들에게 시끄럽게 떠드는 키 큰 남자가 하나 있었다. 유비는 그가 하는 얘기를 듣고자 자리를 잡고 앉았다. 대강 내용은 이렇다.

"ㅋㅋㅋㅋ 시발! 커억, 취한다. 그러니까 연합군한테 세금 아무리 줘봐야 황건적에게 깨진다니까! 우리 백성이 의용군을 만들어야 한다고! 커억, 취한다!"

의용군을 만들고 싶다는 내용은 유비도 의견이 같았다. 이대로 놔둔다면 연합군이 모조리 황건적에게 짓밟히고 황건국가가 만들어지기 때문이다. 그 이후엔 어떻게 될지, 상상만 해도 끔찍하다. 하지만 다들 싸우는 게 두려운지 선뜻 손을 들지 않았다.

"시발, 커억!"

키 큰 남자는 주막 계산대에 돈도 내지 않고 불평만 늘어놓다가 건물 바깥으로 나왔다. 유비는 그를 따랐다.

"저, 실례합니다."

"음? 뭐요? 내 뜻에 응하는 것이오?"

"그렇습니다. 나는 유비 현덕, 대의를 위해 일하고 싶소."

"난 장비 익덕, 연인 출신이오."

"어라, 이름이 같은 비?"

"오오, 그런가 보오."

"ㅋ"

"ㅋㅋ"

장비는 유비에게 소개할 사람이 있다고 하여 마을을 가로질러 5층짜리 아파트에 들렀다. 그곳에는 대춧빛 얼굴을 한 인재가 있었다.

"관우 형님! 내가 대인재를 데려왔소! 이래 봬도 존잘남이오!"

유비와 관우는 서로 통성명을 하였다. 관우가 나이가 더 많았으나 유비가 정신 연령이 너무나도 높아 유비를 형님으로 부르게 되었고, 그들은 아파트 건물 뒤쪽에 봉숭아 나무 밑으로 갔다.

"대의를 위해! 아자!"

유비는 쌍고검을, 관우는 청룡언월도를, 장비는 장팔사모를 서로 겨누며 도원결의를 완성했다. 이제 문제는 병사들을 어떻게 모으냐다.

"유명 AV 팝니다!"

다행히도 장비는 유명 AV를 가지고 있었다. 레어템이라 그런지 평원에서는 불티나게 팔렸다. 그중 가장 많이 산 장세평과 소쌍이 같이하여 말했다.

"정말 감사드리오. 우리는 현 시세보다 더 높을 때 팔 것이외다. 당신들 손해요."

자, 드디어 500명의 병사를 확보하는 데에 성공했다. 유비군은 평원성에서 바깥으로 나와 대흥산으로 향했다. 그곳에는 황건적인 정원지와 등무가 있었다.

"나와라. 개새끼들아! 연인 장비가 여기 있다!"

이에 등무가 말로 맞받아쳤다.

"연인? 이 찌질아, 여자친구도 없으면서! 그 얼굴로 여자친구를 만들 수나 있겠느냐!?"

"뭐 인마? 넌 오늘 뒤졌다. 간다!"

등무는 말 타고 돌진해오는 장비에게 1합에 뒤졌다. 정원지가 등무를 죽인 장비를 복수하기 위해 말 타고 달려드는데 측면에서 달려오는 관우를 보질 못했다. 정원지 또한 관우에게 1합에 사망했다. 대흥산 전투는 유비 군의 깔끔한 승리였다. 근처에 진지를 세운 유비 군은 승리 파티를 열었다. 장비가 외쳤다.

"얘들아, 오늘은 삼겹살 파티다!"

"와아아아아아!"

삼겹살 파티만 해도 병사들의 사기가 올라간다. 유비의 의도는 바로 그것이었다. 유비 군의 다음 목표는 영천 전투다. 거기에서는 연합군 황보숭과 장보, 장량이 대치 중이었는데, 연합군이 밀리고 있었다. 장보와 장량이 제각각 할 말을 했다.

"ㅋㅋㅋㅋㅋㅋㅋ 연합군 녀석들 별것도 아니잖아!?"

"그대로 밀어버려! 밀어버려!"

그런데 그때 유비, 관우, 장비 삼인방이 황건적 진영 뒤쪽에 도달했다. 유비가 제안했다.

"화계를 사용하여 황건적에게 혼란을 주도록 하자. 관우, 장비. 너희들 생각은 어떠냐?"

"으ㅁㅁㅁㅁ..."

장비는 지력이 딸려서 선뜻 대답하지 못했고,

" 좋습니다. 그 방법이 괜찮아 보이는군요. "

관우는 즉각 대답했다. 2:0으로 유비, 관우의 압승. 관우가 좌측으로, 장비가 우측으로 하여 황건적 진지에 불화살을 날렸고, 진지는 불에 휩싸였다. 보나 마나 혼란에 싸였을 터, 존잘남 유비가 외쳤다.

"자, 돌격하라! 적은 오합지졸이다!"

유비 군이 황건적 진지로 돌진하였는데, 노란 두건을 쓰지 않은 관군의 모습도 보였다. 그중 우두머리로 보이는 남자가 있었는데, 유비는 그를 찾아가 말을 꺼냈다.

"실례하오만, 누구신지요?"

"내 이름은 조조, 자는 맹덕이오. 그대야말로 누구요? 의용군인 모양인데."

"저는 유비, 자는 현덕입니다. 조조 님의 존함은 일찍이 알고 있었습니다. 반갑습니다."

"흐으, 전공을 차지할 생각이었으나 그러질 못한 게 섭섭하군. 어쨌든 승리를 취한듯하오. 같이 승리의 함성을 지릅시다."

"그럽시다ㅋ"

조조의 등장, 유비의 활약으로 인해 황건적 세력이 크게 양분되었고, 결국 관군이 승리하였다. 유비와 조조는 낙양으로 개선하며 여러 가지 이야기를 나누었다.

"그나저나 조조 님은 관직이 무엇입니까?"

"기도위요."

"풉! ㅋㅋㅋ 기도위래."

"왜 그러시오? 의용군님ㅋ"

"……"

"의용군ㅋㅋㅋㅋㅋㅋㅋㅋㅋㅋㅋ"

"그만하시오. 내가 졌소."

"자, 거의 다 온 듯하오. 낙양에."

높은 성벽, 넓은 토지, 적어도 낙양이 유비, 관우, 장비에게는 신기하게만 보였다. 황궁은 금으로 떡칠한 듯하다. 개선장군들이 일자로 서서 황궁에 들어가기 위해 기다렸다. 조조가 유비에게 한 사람을 지목하며 말했다.

"저 사람은 강동의 호랑이 손견이오. 인간이 아니고 호랑이란 말이오."

"호오, 그렇군요. 왠지 꼭 이유 없이 한 사람 쥐어 팰 사람 같 군요. 조심해야겠습니다."

· · · · · · · · · · ·

황궁 앞에서는 호위 장군들이 대기를 타고 있었다. 관우, 장비를 포함하여 하후돈, 하후연, 황개, 정보와 같은 장수들이 서로 눈빛 교환을 하며 지지 않으려 애썼다. 몇 시간이 흘렀을까, 드디어 유비와 조조가 나왔다. 유비가 관우와 장비에게 말했다.

"자, 우리는 평원령으로 발표가 났다. 출발하자!"

조조도 자신의 휘하장수들에게 선포했다.

"우리는 초현이다. 무기를 재정비하고 이곳을 떠난다!"

유비와 조조는 가볍게 악수하고 서로 갈 길을 찾아 이동했다. 이렇게 훈훈한 인재들이 후에 왜 싸울 수밖에 없었는지… 이해할 수가 없다.

· · · · · · · · · · ·

평원령. 비록 작지만, 관직 하나를 차지한 것이 얼마나 다행인

가. 귀 큰 돗자리 장수란 별명을 떼지 못한 것은 서러운 일 중 하나다. 마침 이때 평원에서 임관한 장수, 간옹이 있었다.

"유비 님에게 충성을 다하겠습니다!"

간손미의 간이라… 쓰기엔 부족하고, 안 쓰긴 안타까운 인재, 간옹. 유비는 그를 서신 전달용으로 쓸 마음먹었다. 유비 군은 평원에서 군사를 기르며 때가 오기만을 기다리고 있었다.

"와 시발! 성님! ㅋㅋㅋㅋ"

그때, 장비가 회의장 안으로 뛰어 들어왔다. 유비와 관우, 간옹이 그 이유를 물으니, 독우라는 한나라 관리관이 쳐들어와서 우리 평원령의 먼지를 털고 있다고 보고했다. 존잘남 유비가 크게 소리쳤다.

"아니 이 시발 새끼가 감히 우리 평원령을 무시해!? 버스로 깔아뭉개도 시원치 않을 놈이! 장비, 그 새끼가 있는 위치로 날 인도해라!"

"예, 형님!"

평원령으로 자리 잡자마자 라운드 원 파이트가 시작되었다.

제 2 장
반동탁 연합군

"회의장 뒤쪽 청소해라. 병사들을 매일 훈련시켜라. 병사들을 조금이라도 배고프게 만들면 뒤질 줄 알아라."

한나라 관리 독우는 유비와 함께 돌아다니며 소위 말해 대한민국식 먼지를 털고 있었다.

"예, 예. 알겠습니다. 그렇게 하겠습니다."

저 멀리서 독우의 먼지 털기를 지켜보던 관우와 장비, 간옹은 시발 시발 거리며 지켜보고 있었다. 존잘남 유비가 대신해서 털리는 모습을 보기 껄끄러워서이다. 장비가 관우에게 말했다.

"관우 형님, 저 새끼 어떻게 할까요? 털어버릴까요?"

"아직 아니다. 유비 형님이 어떤 생각을 하고 있는지 모르니까, 지금은 두고 보자."

관우의 말이 거의 끝날 때 즈음이었다. 갑자기 유비가 독우의 뒤통수를 손바닥으로 후렸다. 독우가 당황하며 유비에게 말했다.

"야, 야 이놈 자식아! 난 독우라고! 한나라 관직자를 폭행할 셈이냐!"

"나야말로 중산정왕의 후예, 유비 현덕이다. 저기 있는 관우, 장비와 같이 너를 쥐어팰까 하는데. 어때?"

"한나라 관직자의 체면이 있지. 나는 너희들에게 굴복할 수 없다!"

"야, 관우, 장비, 간옹, 시작하자ㅋ"

"ㅇㅋㅇㅋ"

유비 일행은 독우를 나무에 묶어버리고, 유비가 직접 채찍질을 시도하였다.

"으악! 으악! 으악!"

"이래도 계속 먼지 털 거냐?"

"난 굴복하지 않겠다!"

"얘들아 전기의자 가져와!"

"네!"

"굴복하겠다! 용서해줘!"

유비 일행은 독우를 풀어주었다. 관우가 유비에게 말했다.

"저 독우라는 사람, 궁궐에 가선 다른 소릴 하지 않을까 걱정되는군요."

"그땐 그때 가서 생각하자. ㅇㅋ?"

"흠, 좀 걱정되는데… 하여튼 ㅇㅋ"

           ∙ ∙ ∙ ∙ ∙ ∙ ∙ ∙ ∙ ∙

 한나라 영제에게는 십상시가 자리 잡아 마구 횡포를 부리기 시작했다. 영제는 주색에 빠져 정치를 돌보지 않게 하고 말이다. 하진은 십상시와 권력을 두고 대립 중이었는데, 큰 세력을 가진 동탁을 조정에 부를 생각을 하고 있었고, 조정에 올라온 조조는 이에 반대 의사를 표명했다. 하지만 조조가 기도위에 불과해서 뜻대로 되지 않았고 민주주의 방식으로 가결되었다.

하진은 '십상시가 감히 날 죽이겠어? ㅎㅎ' 하면서 궁궐에 난입했다가 십상시에 의해 제거당했다. 이에 격분한 원소와 원술은 궁궐로 진격하여 십상시를 모두 죽였다. 이것이 바로 십상시의 최후이다. 원소가 외쳤다.

"와씨! 더러운 새끼들, 드디어 해치웠구나. 우리 연합군의 승리다!"

 하지만 여기서 끝나지 않았다. 수납을 마치고 낙양에 들어온 동탁 세력이 존재했다. 동탁 세력이 가장 셌기에 원소와 원술, 조조는 꼼짝 못 하고 그의 의견을 존중할 수밖에 없었다. 조조는 생각했다.

'이런 시발! 올챙이를 죽였더니 개구리가 들어왔구나!'

 동탁이 낙양성, 장안성을 모두 자기 것인냥 굴기 시작했다. 영제는 죽었고 헌제가 즉위했는데, 동탁은 헌제를 짓눌렀다. 어느 날 동탁의 휘하인 이숙이 여포란 인물을 끌어모았는데, 이는 정원의 아들로 천하일품의 무예를 갖고 있었다. 동탁 옆에는 항상 여포가 붙어 다녔기에 누구도 동탁을 건들 수가 없었다. 하여튼 이를 매우 안 좋게 여기는 자들이 있었으니, 원소와 원술, 조조, 왕윤이 그들이었다. 조조는 회의장에서 죽마고우인 원소와 조용히 의논하였다.

"조조, 넌 어떻게 할 거냐? 십상시를 죽였더니 웬 돼지 한 마리가 들어오지 않았느냐?"

"흐흐, 원소. 그렇게 말하는 너는 십상시가 안 죽는 게 나았다고 보는 거냐?"

"꼭 그렇지만은 않지만…"

"원소, 넌 너의 세력권인 하북으로 가라. 바로 힘을 기르는 거다. 난 내부에서 힘을 다지고 통닭을 처단하겠다."

"알았다, 조조. 그러면 오늘 회의는 듣지 않고 하북으로 가겠다."

다음날, 조조는 왕윤의 집에 들렀다. 동탁을 제거하고자 하는 데에는 동료가 필요했고,

"콜?"

"콜!"

이런 식으로 서로의 의견을 맞췄다. 왕윤이 칠성보도를 꺼내더니 조조에게 건네주면서 말했다.

"이 보도는 스치기만 해도 사망이오. 꼭 통닭 녀석을 치킨으로 만들어주시오."

"알겠습니다. 이 조조, 반드시 성공하겠습니다."

"아, 그리고 조조 님."

"예, 말씀하시길 바랍니다."

"저희 저택에 무녀가 하나 있는데, 조조 님이 마음에 드시려나 모르겠습니다."

"허허, 누구입니까, 그 무녀란?"

"초선아, 안으로 들 거라!"

안으로 들어온 무녀는 조조의 마음에 꼭 드는 어여쁜 얼굴을 하고 있었다. 조조가 놀라며 소리쳤다.

"와씨ㅋㅋㅋㅋ 개쩜!ㅋㅋㅋ 이 무녀가 초선이란 분입니까?"

"그렇습니다. 초선아."

"네."

"걸그룹 댄스를 선보여서 조조님을 홍콩으로 보내버려라!"

"알겠습니다, 왕윤 님."

걸그룹도 아니고 혼자 하는 댄스인데도 기교가 넘쳐흘렀다. 조조는 초선이 선보인 댄스에 온몸이 후끈 달아올랐다. 그렇게 30분이 흘렀다. 조조는 맹세했다.

"왕윤 님. 이 조조가, 반드시 반드시 반드시 성공하겠습니다."

"예, 부디 성공하길 빌겠습니다. 초선아, 너도 인사해라."

"예. 조조님, 잘 부탁합니다."

. . . .

동탁이 머무는 저택이 하나 있었다. 그곳 입구에는 여포가 혼자 지키고 있었다. 조조는 살짝 떨렸다. 여포만 한 무예를 가진 사람이 삼국지엔 없었기 때문이다.

"누구십니까?"

"기도위 조조이외다. 동승상을 만나러 왔소."

"흠, 신분증을 보아하니 기도위 조조가 맞는 것 같군. 들어가시오."

"수고하십시오."

조조는 속으로 안심하며 말했다.

'후우, 시발. 다행히 쉽게 넘어갔네. 통닭 새끼 넌 뒤졌다.'

건물 안으로 들어가니 동탁이 마침 침대에 드러누워 자고 있었다. 조조가 확인차 동탁을 불렀다.

"저기, 동승상님? 동승상님?"

다행히 아무런 대답을 안 하는 상황, 조조는 칠성보도를 빼 들었다. 이제 내려치기만 하면 되는 상황, 그런데 그 칠성보도가 빛이 나는 수준이 굉장한지라, 동탁이 잠에서 깼다.

"뭐, 뭐냐!?"

당황한 조조는 칠성보도를 감추지도 못하고 변명거리를 떠올렸다.

"동승상님, 저 조조입니다."

"음? 조조냐. 그런데 그 엄청난 빛을 가진 도는 뭐냐?"

" 이것은 칠성보도로써 동승상님이 가지고 계시면 좋을 것 같 아 선물 차 왔습니다. 부디 거두어주십시오. (시발 이게 아닌데)"

"오오, 내가 이걸 갖고 있어도 되겠느냐!? 정말 고맙구나, 조조여."

"그럼 실례하겠습니다."

조조는 여포를 지나쳐 저택을 빠져나와 전력을 다해 도망쳤다. 이에 의문을 품은 여포가 보고 차 동탁의 저택 안으로 들어오는데,

"ㅋㅋㅋㅋㅋㅋㅋㅋ! 아 레어템이다 레알!"

"저, 동탁 님. 동탁 님!"

"응? 무슨 일이냐, 여포."

"조조의 행동이 이상합니다. 마치 우리에게서 도망가듯이 하는데, 무슨 일이라도 있었습니까?"

"으음, 그러고 보니 내가 자고 있을 때 칠성보도를… 아니 이럴 수가! 조조 네 이 녀석! 전군에게 조조를 잡아 오라고 명하라!"

············

이미 낙양을 빠져나온 조조는 독백하였다.

"아… 개 망했다. 멋지게 동탁 죽이고 초선 차지해서 주지육림을 하려 했는데…"

초현으로 가려면 마지막 관문을 지나야만 했다. 수납자는 진궁이란 책사였는데, 여기서 발목을 잡혀 포획당했다. 감옥에 갇혀 있는 조조에게 진궁이 고했다.

"조조, 내가 너에게 기회를 줄 수도 있다. 성실히 답하도록 해라."

"그러겠다."

"왜 동탁을 찌를 생각을 한 것인가?"

"난 한실을 위해 행동한 것뿐이다. 다른 이유가 있겠는가?"

"나에게는 거짓말처럼 들리는군. 한 번 더 기회를 주겠다. 왜 동

탁을 죽이려 한 것인가?"

"……"

"……"

"간웅이 되기 위해서다."

"딩동댕동~ ㅋㅋㅋㅋ"

"ㅋ…"

"우선 감옥에서 나오게 해주겠소."

진궁은 진짜로 조조를 풀어주었다. 그는 자신의 의견을 표명했다.

"전 진궁 공대, 조조 님. 저를 휘하로 넣어주시겠습니까? 저는 당신의 의견과 일치합니다. 혹시나 의심하실까 봐 이렇게 말씀드립니다."

"음, 진궁. 나와 같이 초현으로 가세. 그곳에는 내 동지들이 있네."

"알겠습니다."

마지막 관문을 빠져나온 그들은 피지컬 부족으로 천천히 걷기 시작했다. 나중에 관군에게 걸려서 잡힐까 봐 비포장 도로로 걷던 그들은 한 집을 발견했다. 이 집은 조조가 잘 아는 장소였다. 바로 여백사의 집이었다. 과거 조숭과 여백사는 친하게 지낸 경력이 있었다. 조조는 그것을 떠올렸다. 마침 저녁이고 하니 저기서 묵자고 진궁에게 권했다. 조조가 잘 안다고 하니 진궁도 동참했다.

"여백사님! 저 조조입니다!"

"오오, 조조구나!"

여백사는 반갑게 조조 일행을 맞았고, 낙양에서 있었던 일을 털어놓는 등 여러 이야기를 하였다. 여백사가 얘기하던 도중 잠깐 자리를 비웠는데,

"잠깐만. 칼 가는 소리가 들린다."

조조는 자신의 귀를 의심하지 않을 수 없었다.

"조조 님, 어떻게 하죠?"

칼 가는 소리에 놀란 진궁이 조조에게 물었다. 이에 조조가 제안

했다.

"말할 것도 없지. 다 쓸어버리는 수밖에. 준비하고 내 지시를 따라."

"알겠습니다."

조조와 진궁은 건물 밖으로 튀어나와 여백사 일행을 다 쓸었다. 진궁이 식은땀을 흘리며 조조에게 말했다.

"이, 이런… 돼지 잡는 소리였나 본데요!?"

"……"

"아아, 불쌍하기도…"

"내가 저들을 저버릴지언정 저들이 날 저버릴 순 없다!"

" !! "

"가자, 진궁."

'이 녀석은 뼛속까지 개새끼다. 어떻게 저런 발상이 나올 수 있지?'

....

이때 대부분의 군웅은 낙양에서 자기들의 영토로 귀환한 뒤였다. 조조 또한 마찬가지이다. 자신의 휘하에는 하후돈, 하후연, 조인, 조홍, 악진, 이전 등이 있었다. 그중 하후돈이 배웅을 나왔다.

"맹덕, 드디어 돌아왔군. 조정에서의 소문은 전해 들었다."

"아아, 그래. 암살에는 실패했다. 칠성보도의 빛 때문에…"

"너무 자책하지 말게."

"하여튼, 동탁은 조정을 포함해 전부의 적이 되었다. 반동탁 연합을 일으켜도 이상할 게 없지."

"진심인가, 맹덕?"

"그렇다. 병사들을 이용해 각지에 서신을 파견하도록. 반동탁 연합이다!"

....

한편, 유비는 한나라 독우를 후려팬 까닭에 지금은 전우인 공손찬의 휘하로 남아있었다. 군웅인 공손찬에게도 서신이 도달하였다. 공손찬은 단상에 올라 병사들을 향해 소리쳤다.

"이것은 호기다! 우리 백마부대가 선진에서 활약하여 모든 군웅의 기를 죽이도록 하자! 우리는 할 수 있다! 꿈은 이루어진다!"

"만세! 만세!"

공손찬군이 사수관 바깥에 도달했을 때에는 이미 대부분의 군웅이 집결한 상태였고, 이미 원소가 총대장이 된 상태였다. 선봉장은 손견이었고, 동탁의 선봉장은 화웅이었다. 화웅이 먼저 소리쳤다.

"네놈이 강동의 호랑이냐? 강동의 고양이가 아니고? ㅋㅋㅋㅋㅋㅋㅋ"

"이런 시발 놈, 넌 내 손안에 뒤졌다. 간다!"

저번에도 대단한 무예를 선보인 적이 있던 그였으나, 강동의 호랑이는 역시 달랐다. 몇 합 안돼서 화웅의 목이 날아갔다. 강동의 호랑이가 큰 목소리로 명했다.

"진격!"

모든 연합군이 공성전을 펼치니 사수관이 버텨내질 못했다. 동탁군은 뒤쪽에 있는 호로관으로 모두 도망쳤다. 전공은 손견이 가져갔다. 뒤에서 전투를 펼치는 것을 지켜본 원소는 손견을 무서워함과 동시에 이대로 호로관으로 향하면 모두 깨부술 수 있을 것 같았다. 사기를 충전한 손견을 내버려 두고 다른 연합군들은 그를 뒷받침하게 하였다.

"흐아아아아아! 여포다! 여포가 나타났다!"

호로관 성문에서 갑자기 적토마를 탄 여포가 나타났다. 여포가 가는 곳마다 뚫리니 사태가 매우 심각했고, 멀리서 조조가 지켜보더니 말했다.

"상황을 보자 하니 병맛같구나. 누가 저 녀석을 제압할 수 없겠느냐!?"

"내가 가겠소!"

이때 유비군 투톱인 장비가 선뜻 손을 들더니 말을 박차고 달려갔다. 여포가 양민 학살하던 도중 자기 쪽으로 오는 장비를 보더니 말했다.

"넌 뭐냐, 돼지 새끼야?"

"뭐라? 메뚜기 새끼가 입은 살아있구나. 간다!"

그들은⋯ 못 믿겠지만 150합이 넘었다. 여포가 장비를 궁지로 몰아넣는 순간이었다.

"장비! 내가 가세하겠다!"

이때, 장비의 형인 관우가 나와서 치사하게 2:1로 싸우다,

"관우, 장비! 나와 함께 싸우자!"

유비까지 참전하니 아무리 강한 여포라도 3:1은 무리였다. 강력한 공격으로 주변인들의 기를 꺾고 적토를 몰아 도망쳤다. 여포가 연합군에게 데미지를 많이 입혔기에 연합군은 호로관 앞에 진지를 세워 휴식 기간을 가졌다. 원소는 군웅들을 진지로 모이게 하고 압박을 주었다.

"에이 좁밥 새끼들아! 내 휘하인 안량과 문추가 없어서 자칫하다간 여포 따위한테 전멸당할 뻔했잖아! 내일 또 싸우게 될 텐데 적들은 우리 전력 분석이 다 끝났을 거 아니냐."

⋯⋯⋯⋯⋯

동탁군 궁성, 연합군과 동탁군의 싸움이 어떻게 흘러가고 있는지 스마트폰 앱으로 전해 듣고 있는 동탁은 이대로는 안 되겠다 싶어 결정을 내린다.

"낙양에 불을 지르고 장안으로 피난을 간다! 이각, 곽사, 우보, 장제, 번조. 당장 시행에 옮겨라!"

"예! 알겠습니다! ㅋ"

⋯⋯⋯⋯⋯

"낙양성에 불연기가 난다!"

GOP에 근무를 서던 병사 하나가 크게 소리쳤다. 이에 원소를 포함한 모든 군웅이 진지에서 바깥으로 나와 낙양성을 바라보았다. 원소가 소리쳤다.

"모두! 낙양성 안으로 돌진하라!"

반동탁 연합군이 낙양성 안으로 들어갔다. 한나라 수도였던 낙양은 이미 잿더미… 다시 복구하기엔 엄청난 시간이 필요해 보였다. 동탁이 장안으로 간 이상 연합군은 긴 토론을 하지 않을 수 없었다. 여기서 해산을 하느냐, 아니면 장안으로 진군을 하느냐인데, 공손찬은 유비에게 말했다.

"우리가 여기서 더 나아가는 것은 위험하오. 유현덕의 생각은 어떻소?"

"저도 같은 생각입니다. 유주로 돌아가도록 하죠."

그런데 혼자서 반대되는 의견을 가진 자가 있었다. 바로 조조이다. 유비가 그런 조조를 말리려 들었다.

"조조, 단독 움직임은 위험하오. 재고해줄 수 있겠소?"

"단독 움직임이 위험하니 따라오시게."

"음?"

" ? "

"아아~ 안 갈래ㅋㅋㅋㅋㅋ"

"그래 그럼 ㅂㅂ."

· · · · · · · · · · ·

"시발!"

한편, 강동의 호랑이 손견은 땡잡았다. 근처 우물에서 황제가 쓰는 도장인 옥새를 발견한 것이다. 손견은 이를 기밀로 하여 총대장 원소에 고하고는 강남으로 되돌아가려는데, 이미 그것을 눈치챈 원소가 형주의 유표에게 서신을 보내어 손견을 족치라 지시했다. 원소의 심부름꾼인 유표는, 위에서 시켰으니까 그대로 따라 하면 혼나지도 않고 잘 되겠지? ㅋㅋㅋㅋㅋ 하는 학생 같은 생각을 하면서 진짜 임했다. 손견의 군사는 큰 타격을 입고 강동으로 돌아왔다.

사실 손견이 어떻게 되든 별 상관없었음ㅋㅋ 그냥 까고 싶었던 거임ㅋㅋ 이런 생각을 하고 있었던 원소는 사실 군량 난에 시달리고 있었다. 낙양에는 먹을 것이 없었기 때문이다. 때마침 업에는 한복이 거주하고 있었는데, 먹을 것 좀 달라니 그냥 퍼부어주

네! ㅋㅋㅋㅋ 봉기 왈, 이왕 얻는 거 다 뺏어버려야지 않겠습니까. ㅋㅋㅋㅋ 네가 갑이다. ㅋㅋㅋㅋ

봉기의 계략은 이렇다. 한복에게는 공손찬이 자길 노리고 있다고 말하고, 공손찬에게는 한복이 공손찬을 노리고 있다고 서신을 전달하는, 아주 재수 없는 전략이었다. 한복은 공손찬을 두려워하여 원소군을 꼬드겨 업성에 들어와 달라고 하였고, 원소군은 무혈입성 하였다. 그러나 아직도 원소군이 자기편인 줄 알고 있었던 공손찬은 공손월을 서신으로 보냈으나 살해당했다. 그제야 공손찬은 원소군의 계략을 알았다.

쓰벌, 이럴 줄 알았으면 공부 좀 더 할 걸! 이미 성인이 된 걸 어쩌랴, 공손찬은 백마 기병을 준비하였다. 양 부대는 계교를 두고 대치하였다. 원소와 공손찬이 선진으로 나와 설전을 벌였다. 먼저 원소부터 지껄였다.

"야이 씨발놈아, 내가 바로 명가 가문이다. 거기있는 녀석은 어디 출신이냐?"

"명가 명가 따지는 개새끼야, 서울대를 나와야지 가문이 중요하냐? 넌 오늘 뒤졌다!"

"어허, 혼쭐이 나고 싶나 보구나. 문추, 안량, 장합! 출진해라!"

공손찬의 백마부대가 생각보다 위력적이지 않았다. 선진을 이끌 쓸모있는 장수가 부족해서다. 난전 속에서 문추가 공손찬을 향해 돌진하였고, 공손찬은 뒤로 내빼기 바빴다. 그러다 말이 다리를 헛디뎠고, 문추 또한 내려서 공손찬과 맞대응했다. 이대로라면 공손찬의 패배가 확실해진다.

"잠깐, 기다려라!"

그때였다. 소년 장수 하나가 어디선가에서 나와 문추와 자웅을 겨루었다. 문추 또한 버거운 모양이다. 옆구리를 찔리더니 자기가 탔던 말을 타고 도망쳤다. 공손찬이 그에게 물었다.

"이보시오. 자네는 대체…"

"상산의 조운, 자는 자룡입니다. 공손찬 님이 힘든 싸움을 펼치고 계시기에 구원 차 나왔습니다."

"조운, 나는 자네같이 무예가 뛰어난 인재를 발굴하지 못했소.

나를 위해 싸워줄 수 있겠소?"

"물론입니다. 맡겨주십쇼."

공손찬과 조운은 자신의 본진으로 귀가했다. 그곳에는 유비, 관우, 장비가 있었다. 공손찬은 반갑게 그들을 맞이했다. 공손찬이 유비에게 말했다.

"우리는 지원 요청을 하지 않았는데, 어떻게 찾아온 거요?"

"텔레파시가 있었습니다. 텔레파시를 받고 찾아왔습니다."

" ?? "

"뭐, 그런 겁니다."

"하여튼… 지금 원소군을 밀면 승산이 있을 것 같소. 유비는 어떻게 생각하오?"

"저도 같은 생각입니다. 적이 소수는 아니지만, 사기가 많이 떨어졌습니다. 이대로 밀어버립시다."

"좋습니다."

확실히 공손찬군의 위력은 굉장했다. 백마부대 사이에 유비, 관우, 장비가 끼어있으니 원소군도 조금씩 밀렸다. 원소군의 맹장 국의도 조운 앞에서는 속수무책으로 죽임을 당했다. 원소가 외쳤다.

"이런 지랄 같은… 철수한다!"

공손찬군은 승리의 함성을 질렀다.

한편, 조조군은 장안성을 향해 하루바삐 움직이고 있었다. 동탁을 추격하여 그들을 섬멸하고 헌제를 구출하기 위함이었다. 다행히도 이곳 지리는 조조가 잘 알고 있었다. 조조가 지시를 내렸다.

"하후돈, 자네는 악진, 이전과 함께 우측을 바라보며 전진하게. 그쪽 숲속은 기습해오기 딱 좋은 자리야."

"알았다. 그렇게 하지."

"나와 나머지는 정면으로 간다. 그럼 이동!"

조조는 이곳 전장에서 전투할 거란 생각을 했다. 그렇기에 그는 신중히 병사들을 이동시켰다. 하지만 그런데도 위기는 찾아왔다. 정면에서 여포군이 돌격해왔다. 사실상 여포군과 맞닥뜨릴 것은 알고 있었지만, 우측이 아닌 좌측 산속에서도 이각, 곽사, 우보,

장제, 번조군이 썰매 타듯 내려왔다. 조조군은 순식간에 양쪽에서 포위를 당했다. 조조군이 이각군과 치고받고 있는 사이에 이각이 실실 웃으며 조조에게 말했다.

"야! 이 조조할인 새끼야, 이 모든 게 이유의 술책이다. 이유를 너무 간과했구나!"

여포가 조조군과 맞닥뜨리게 되면 전멸할 가능성이 있었기에, 조조는 철퇴를 명했다. 그런데 더 놀라운 것은 퇴로에도 통닭군이 있었다는 것이다. 깃발에 쓰인 것을 보아하니 서영이었다. 이에 조조군이 혼란스러워졌다.

"맹덕! 조심해라!"

하후돈이 조조에게 달려드는 병사들을 제압한 뒤, 말을 박차고 나가 서영과 일기토를 벌였다. 서영의 용맹도 장난 아니었던 것은 맞으나, 하후돈 쪽이 훨씬 앞섰던 것도 사실이다. 그대로 10여 합 겨루더니 서영의 목이 달아났다. 조인, 조홍 일행도 뒤따랐고, 악전과 이전도 분전 속에서 구출해냈다. 조조군의 참패였지만 전투 경험을 쌓은 것은 분명하다. 조조군은 관광버스를 이용해 초현으로 발걸음을 재촉했다.

· · · · · · · · · ·

평원령, 황실의 주도권이 바뀐 덕분에 유비는 평원에 그대로 머물게 되었다. 잭팟인 것이다. 관우와 장비는 병사들을 스파르타식으로 훈련시켰고, 유비와 간옹은 김장을 하면서 백성들을 돕기도 하고, 병사들 식량을 늘리기도 하였다. 그런데 어느 날이었다. 회의장에서 회의 하는 도중에 정체불명의 인재가 들어오더니 유비를 향해 자기소개를 하였다.

"안녕하십니까. 저는 간손미 중에 미로써 도겸님의 휘하입니다. 오오, 시바…"

"왜 그러는가, 미축이여."

"유비 님에게서 광채가 나타납니다. 주변에서 영웅 아니냔 소리 못 들어보셨는지요."

"아직까진 그런 소린 못 들었네. 그나저나 여기 평원에 찾아온 이유를 말해보게.”
“예, 사실은 이렇습니다.”

⋯⋯⋯⋯⋯

조조의 아버지인 조숭이 조조의 초대 때문에 마차를 타고 움직였고, 그때 서주목인 도겸은 조조와 더 친해지고 싶은 마음에 자신의 휘하장수 손건으로 그를 불러 극진히 대접한 뒤, 도겸의 장수인 장개를 시켜 초현까지 인솔하도록 지시했는데, 이런 개자식이 조숭 일가를 전멸시키고 금은보화를 훔쳐 달아났다. 마침 황건적 잔당 토벌을 마치고 초현으로 돌아온 조조는 개빡쳐서 서주 대학살을 지시하였다.

⋯⋯⋯⋯⋯

미축이 대답을 마쳤다.
“여기까지입니다.”
언뜻 보기엔 유비와는 아무 상관없는 일이지만, 유비의 인성이 워낙 착했기에 흔쾌히 제안을 받아주었다. 미축이 바깥으로 나가고, 유비는 관우와 장비, 간옹은 전투태세를 갖추었다.그리고 병력을 충당하기 위해 유비는 공손찬의 유주에 잠시 들렀는데, 공손찬은 러키세븐 제안을 했다.
“병력 5천과 조운을 데려가는 게 어떻겠소? 나중에 1만 병사로 갚아주시오.”
“오오ㅋㅋㅋ 조운이라니ㅋㅋㅋㅋ 우와 시발 감사합니다.ㅋㅋㅋ ㅋㅋ”
유비군은 서주로 내려가기 전에 북해를 거쳐야 했다. 복양은 이미 조조의 세력권에 들어있기 때문이었다. 유비군이 북해성 주변을 거쳐 가고 있는데, 저 멀리서 황건적들이 쳐들어왔다. 그 숫자는 어림잡아 1만이었다.
“다 덤벼 이 씹새끼들아!”
장비의 사자후가 발동했다! 이에 전방에 있던 대부분의 황건적들이 쓰러졌다. 황건적 중에 우두머리로 보이는 장수가 하나 있었는데, 깃발을 보아하니 관해라 읽을 수 있었다. 관해가 우릴 향해 돌진해오는데, 관우, 장비, 조운은 서로 가위바위보를 하여 관해와 일기토할 대상을 정했는데, 결국 조운으로 확정됐다. 조운이 말을 박차고 나갔고, 3합 만에 관해의 목을 쳤다. 그랬더니 황건적이 모두 도망쳤고, 북해성 위에서 이를 관전하던 공융이 유비를 향해 소리쳤다.

"유비 님! 고맙소이다!"

"공융 님! 느긋하게 커피나 한잔하며 얘기를 나누고 싶다만, 지금 도겸 님이 너무 위험하오. 먼저 그곳부터 구하고 이곳에 들르겠소!"

"아아, 알겠소! 무슨 사정이 있겠지. 기다리고 있겠소이다!"

· · · · · · · · · · ·

초현으로 돌아온 조조는 인재발굴에 박차를 가했다. 그렇게 하여 영천에서 얻은 순욱은 자신의 다단계 기술을 발휘하여 순유를 불렀고, 순유가 정욱을, 정욱이 곽가를, 곽가가 유엽을 등용하여 책사 라인을 만들어냈다. 조조 옆에서 서로 경쟁하게 될 거라는 생각은 하질 못한 채⋯ 그리고 장수로는 전위가 있다.

"헛! 허헛!"

참고로 지금 내는 소리는 전위가 날라차기 할 때 내는 소리다. 그나저나 문제는 이게 아니었다. 조조의 아버지 조숭이 장개에 의해 개박살났다는 소릴 들은 조조는 개빡쳤다. 장개같은 찌끄러기 같은 놈에게 호위를 맡기다니⋯ 조조는 단상에 올라 선포했다.

"내가 기어코 그 도겸 시발 새끼를 발라버리겠다! 하후돈과 조인은 선봉을 맡고 조홍과, 순유, 나는 중견이다. 그리고 곽가와 악진과 이전은 후위를 맡는다. 그리고 순욱과 정욱은 본거지를 지키길 바란다. 우리의 목표는 서주의 백성들을 철저히 한 놈도 남기지 말고 제거하고, 서주성을 함락하는 것이다. 이상!"

중원이라 그런지 포장도로가 잘 되어있어 사다리차가 움직이기 딱 좋았다. 사다리차와 조조군 병사들은 조조가 지시 하나만 내리면 그대로 공격 개시였다. 그야말로 일촉즉발의 상황, 그런데 그때였다. 진지 바깥에 외교 교섭을 원하는 장수가 있다고 하니 무엇인지 궁금하지 않겠는가. 안으로 들라 하니 이게 누군가, 장비였다. 장비를 본 조조는 놀라움을 금치 못했다. 조조가 말했다.

"이게 누군가. 유비의 아우인 장익덕 아닌가. 당신들의 세력은 이 서주가 아닐 터, 설마 우리들의 공격을 막으러 온 것인가? 그렇다면 얼른 돌아가게. 난 화해를 받을 생각은 추호도 없네."

"조조 님. 이 연인 장비, 충고해드릴 게 있습니다."

"음? 무엇인가?"

"지금 조조 님은 간과하는 게 하나 있습니다. 바로 여포와 진궁의 존재입니다."

"……!"

" 얼른 연주로 돌아가시는 게 좋을 것입니다. 그들은 조조 님에게 시간을 주지 않을 것입니다."

"고맙소, 장비. 내 그리하리다."

장비는 자신이 교섭 레벨업을 했다는 사실에 썩소를 하며 조조의 진영에서 빠져나왔다. 조조군의 진영은 장비가 알려준 소식에 우왕좌왕하였고, 실제로 진류에서 칙사가 날라왔다. 조조군은 퇴각 준비를 서둘렀다.

············

"오오, 장비가 돌아오는군요!"

서주성 성벽 위에서 이를 지켜보던 서주 일행은 만세삼창을 외쳤다. 그때, 고혈압 증세가 있었던 도겸이 너무나 기쁜 나머지 쓰러졌고, 간손미가 그를 부축하여 침상으로 옮겼다. 침상에 누운 도겸을 절실히 바라보는 유비의 심정은 정말 연기자 뺨치는 수준이었다. 완전히 잔말 말고 서주 내놔라 수준이었다.

"유비여… 당신이… 서주를… 이끌어… 주시오…."

유비는 아, 안되는데? 아, 안되는데?! 하면서 자연스레 도겸의 말을 받았고, 도겸은 결국 숨을 거두었다. 간손미는 거짓 울음을 터뜨리며 한결같이 유비에게 말했다.

"이제 유비 님밖에 없습니다. 앞으로 이 서주를, 그리고 우리를 잘 부탁드립니다."

이로써 쓰리백 라인을 가볍게 흡수한 유비, 그리고… 조운은 이만 유주로 돌아가야 했다. 조운은 울음을 터뜨리며 유비의 품에 안겼다.

"흐흑, 유비 님. 언제 또 뵙게 될지 모르겠습니다."

"조운, 우리가 인연이 있다면 반드시 만나게 될 것이오. 너무 걱정하지 마시오."

"이 조운, 명심하겠습니다. 유비 님도 저를 잊지 말아 주시길 바랍니다."

"알았소, 조운."

조운은 서주성 병력 1만을 이끌고 자신의 군주인 공손찬이 위치한 유주로 떠났다. 존잘남 유비는 단지 잘생겼다는 이유 하나만으로 백성들로부터 환호를 받았다. 이게 다 잘생겨서 생기는 일이다. 이로 인해 유비 세력권은 평원에서 서주, 소패, 하비로 전환되었다. 평원에 비하면 엄청난 이득이다. ㅇㅈ? ㅇㅇㅈ 유비군은 태산에 거주 중인 황건적 소탕에 나섰다. 이 황건적들을 그대로 놔두면 농사꾼들이 피해를 받을 수 있기 때문이다.

"자, 가자! 정의를 위하여!"

유비의 외침에 따라 유비군은 오르막길을 따라 산행하였다.

제 3 장
장안성 정변

동탁은 주지육림을 실현할 가능성이 현저히 커졌음을 느꼈다. 미녀들을 궁성에 모아 무용을 선보이게 하였는데, 이 년들이 아마추어라 그런지 동탁의 성에 차지 않았다. 어디에 절세가인이 있을까 하며 고심하던 찰나, 왕윤이 그를 불러 대접하였다. 통닭이 통닭을 먹어치우며 자신의 고민을 늘어놓았는데, 그때 마침 왕윤이 동승상에게 소개할 여인이 있다며 초선을 불렀다.

"소녀 초선, 부르셨사옵니까?"

"오오오옹오오오옹오오오!"

초선의 아리따움은 동탁을 사로잡기에 충분했다. 왕윤이 동탁 옆에서 말했다.

"제 딸 초선입니다. 어떠신지요? 괜찮으시다면 동승상님에게 맡겨두고 싶습니다만."

"오오, 물론이오! 좋소! 헤헤헤헤!"

동탁은 마치 사나운 짐승인마냥 침을 질질 흘리며 초선을 데리고 마차에 탄 뒤 궁성을 향해 이동했다. 근데 문제가 따로 있었다. 왕윤이 동탁에게 초선을 소개하기 전에 미리 여포에게 소개했던 것이다. 궁성에서 동탁 옆에 초선이 딱 달라붙어 있으니 여포가 개빡치는 것도 무리는 아니었으나, 감히 양아들인 자신이 동탁을 배신하고 초선을 품을 수는 없는 노릇이었다.

"하아, 마치 병신같구나! 내 인생이여!"

일찍이 궁성을 빠져나온 여포가 인생을 한탄하며 바깥으로 나왔다. 이를 염탐한 왕윤이 같이 나와 여포에게 속죄했다.

"여포님, 죄송합니다. 제가 죽을죄를 지었습니다. 동승상에게 초선을 소개한 제 잘못입니다."

"난 날 빡치게 만든 자를 용서하지 않소. 다만 왕윤공을 죽이면 초선이 슬퍼할까 봐 그러지 못할 따름이오. 그나저나 방법이 따로 있소?"

둘은 서로 의논을 맞추고는 귀에 입이 걸렸다. 그들은 신나게 막걸리 한 사발 하러 장터에 나왔다.

"ㅋㅋ정ㅋㅋ벅ㅋㅋ"

"ㅋㅋㅋㅋㅋㅋㅋㅋㅋㅋㅋ"

다음날, 왕윤의 편에 서 있었던 이숙이 동탁의 저택에 들어가 궁성에서 회의가 있으니 참여해달라는 지시를 대신 전달하였고, 동탁은 심복 이숙의 말만 곧이곧대로 믿고 모범택시를 타고 궁성으로 향했다. 왜 그날따라 모범택시가 땡겼을까, 그 이유는 아무도 모른다. 어쨌든 모범택시를 타고 장안성 내부로 진입한 통닭은 문을 당기고 연 그때, 성문이 잠기자 동탁은 그제야 눈치챘다. 전방에는 궁수들이 자신을 겨누고 있었다. 궁수들이 마구잡이로 화살을 날리니, 모범택시의 바퀴 하나가 박살나서 동탁은 옆으로 넘어졌다.

"네 이놈들! 난 승상이란 말이다! 동승상을 모르느냐!?"

그때, 동탁의 시야에는 여포가 비쳤다. 동탁은 여포에게 구걸하듯 말했다.

"오오, 여포여! 얼른 저 피래미들을 처단하도록 해라!"

"싫소."

"……!?"

"초선은 내 차지요. 내 방천화극에 찔려 죽어주시지! 흐앗!"

"커억!"

공포정치를 자행하던 동탁은 마침내 양아들 여포에 의해 숨겼다. 여포는 다음 단계에 들어갔다. 동탁 세력은 아직도 거대하기 때문으로, 여포는 적토마에 탄 채로 소수 병력을 이끌고 성문 바깥으로 나갔다. 바깥에는 이각, 곽사 세력이 진을 세워 주둔하고 있었는데, 여포가 그들을 향해 돌진해오자 사태가 급변함을 깨달은 그들은 뒤로 도망치기 바빴다. 여포는 이런 생각을 했다.

"이런 슈발롬들ㅋ 내가 그렇게도 무섭나ㅋ 계속 도망만 치네ㅋㅋㅋ"

멍청하면 이런 식으로밖에 생각을 못 한다. 동탁 잔당들은 계속 도망만 치면서 여포군의 체력을 깎았고, 이각과 곽사가 타이밍을 재다가 장안성으로 진입, 점령하였다. 여포는 아뿔싸 했다.

"아 쉬벌, 초선을 두고 나왔는데… 초선아! 기다려라. 내가 곧 구해주마!"

"여포 장군! 초선은 여기 있소이다! 걱정 마시오!"

그때, 200m 거리에 장료가 초선을 말 안장에 태우고 있는 모습이 포착되었다.

"오오, 땡큐! 장료!"

여포는 남은 병사들과 함께 장료 일행과 합류하였고, 그들은 중원으로 발걸음을 옮겼다. 객장 출신으로 먼저 들른 곳은 원소의 업성이었는데 회의장에서 원소는 처음부터 여포에게 깐깐하게 굴었다.

"적을 쳐서 나온 금은보화는 원소군이 90%, 여포군이 10% 비율로 하는 것으로 합시다."

"10%? 이런 머리를 후려쳐도 모자랄 새끼…"

"음? 여포. 자네 방금 뭐라고 했나?"

"니 잘생겼다고."

"훗, 명가의 몸이니 잘생긴 것은 어쩔 수 없지 않겠는가?"

"닥쳐라."

"음? 여포 자네, 지금 나보고? ㄹㅇ?"

"니 잘생겼다고! 한번 말하면 똑바로 알아들으시오."

"크흠… 그러게 요새 보청기가 필요함을 느끼오. 여포 장군, 사과드리오."

여포는 장료와 고순, 장패, 송헌, 위속, 후성와 같은 장수를 거느리고 원소와 함께 흑산적 토벌에 나섰다. 흑산적은 장연 뿐. 엔트리만 봐도 누가 이길지 뻔했다. 장연을 멀리 쫓아낸 연합군은 업성으로 개선하였고, 불만에 휩싸였던 여포는 장료와 의논을 한 끝에 다른 곳으로 임지를 바꾸기로 하였다. 어디가 좋을까… 하며 이곳저곳 돌아다니다가 진류에서 한 인재를 발견했다. 그 인재는 재야 장수가 아니다. 바로 조조의 장수인 진궁이었다.

여백사 사건에서 내보인 조조의 행동에 실망감도 느꼈고, 순욱,

순유, 정욱, 곽가, 유엽과 같이 억대 연봉을 두고 다투는 곳에는 더 있고 싶지 않았다. 자신이 있을 곳이 아니다. 그렇다면 자신이 필요로 하는 곳은? 여포라는 것이다. 여포군 진영, 진궁은 지도를 펼쳐놓고 여포에게 이러저러해서 저러저러하다는 식으로 설명하였다.

"역시, 군사 진궁은 뭔가 다르군! 장료, 고순, 장패. 앞으로는 진궁의 지시에 따르도록 해라. 진궁의 말은 A급 명령이다!"

여포로부터 지휘권을 넘겨받은 진궁은 신이 났는지 장수들에게 이리저리 명령을 내렸다.

"먼저 복양부터 뺏읍시다. 복양에는 조조에게 미움을 받고 있는 장막이 있소이다. 복양성에 도달하면 장막이 성문을 열어줄 것이오!"

여포군은 진궁의 지시에 따라 복양성으로 향했는데, 과연 예상대로였다.

"동지들! 얼른 들어오시오! 나는 장막이외다!"

여포군이 복양성 안에 들어가고, 마침내 조조군이 복양성 바깥에 도달하였다. 이렇게 손쉽게 복양을 뺏겨버리니 조조로서는 화가 나지 않을 수 없었다. 즉시 복양성을 향해 공격을 개시했는데, 워낙에 견고한 까닭에 파쇄차로 삽입하고 싶어도 삽입할 수 없었다. 공격을 계속해도 손해만 늘어나는 것 같은 느낌에 조조군은 뒤로 내뺐다. 조조가 복양성을 바라보며 한탄했다.

"으으, 메뚜기 새끼! 목숨 한번 기가 막히게 쩌는구나!"

"조조 님! 때마침 서신이 도착했습니다."

"음? 무엇이냐?"

그 내용인즉슨 복양의 전씨가 성문을 열 테니 그 기세를 몰아 성문 안으로 진입하라는 내용이었다. 거기에 민증도 같이 있다. 이에 순유와 곽가, 유엽이 토론회를 열었다. 먼저 순유의 차례였다.

"들어갔다가 망했어요~ 망했어요~ 소리 듣고 싶습니까? 결사반대합니다."

다음은 곽가의 차례였다.

"들어가 보는 것도 나쁘지 않을 것 같습니다. 계략이라면 저희가

역으로 계략을 세워서 맞받아치면 되겠지요."

그다음은 유엽의 차례였다.

"들어갑시다. 성문을 열어주겠다는데 망설일 이유가 없습니다. 정 불안하시면 부대의 절반만 성안으로 진입하는 게 좋겠습니다."

결국, 조조는 유엽의 의견을 존중하기로 했다. 조조군은 전투태세를 갖추었고, 전 씨의 신호만을 기다리고 있었다. 조조는 자기 곁에 있던 전위를 두고 말했다.

"전위, 내 곁을 떠나지 마라. 난 전적으로 너에게 의지할 것이다."

"맡겨주십시오! 내 반드시 조조 님을 사수하도록 하겠습니다!"

"음! 믿음직스럽군."

그때였다. 성문이 활짝 열리기 시작하였다. 조조가 외쳤다.

"선봉 부대는 진격하라! 후위는 대기하라!"

조조, 전위, 조인, 조홍, 순유가 성안으로 난입하였다. 그런데 뭔가 이상하다. 적의 병사는커녕 백성들조차 아무도 보이지 않았다. 그제야 조조는 짐작했고, 소리쳤다.

"이런, 적군의 계략이다! 서둘러 여기로 난입했던 동문으로 탈출해라!"

여포군의 불장난이 시작되었다. 그리고 저택 위에 자리 잡은 궁수들이 조조군을 향해 마구 쏴댔다. 조조가 탈출하고자 했던 동문은 이미 불길에 휩싸이고 있었다. 조조는 하는 수 없이 북문을 목표로 하였다. 그런데 그곳에는 장료가 버티고 있었다.

"난 저 녀석을 일기토로 이길 수 없어ㅋ 전위, 어딨느냐!?"

"바로 옆에 있습니다. 제가 장료를 붙잡아 놓을 테니 얼른 빠져나가주십쇼!"

"음, 조인과 조홍, 순유도 무사해야 할 텐데…"

조조의 근심은 무의미했다. 전위는 조인, 조홍, 순유마저 데리고 북문으로 빠져나왔다. 조조는 전위에게 고했다.

"부왁ㅋㅋㅋ 자네는 진정 악래일세! 모두들, 전위를 모범으로 삼도록 해라. 알겠느냐?"

"예, 알겠습니다!"

 그나저나, 잇따른 전투로 인해 식량난으로 이어졌다. 조조군은 복양성 공략을 뒤로하고 여남을 향해 움직였다.

제 4 장
강동의 소패왕

 대현양사 장각이 죽었으나 그렇다고 해서 황건적이 전멸당한 것은 아니다. 지난번 관해의 북해성 침략, 장개의 조숭 살해가 바로 그 예이다. 조조군이 가는 곳은 여남으로, 황건적들이 ㅋㅋㅋ 대면서 활개 치는 곳이다. 황건적을 굴복시키고 그들의 식량을 가로채는 것이 이번 조조 군의 미션이다. 하후돈과 하후연, 조인, 조홍이 앞장서서 황건적을 소탕하던 도중, 어디 소속인지 알 수 없는 힘센 장사 하나가 나타나더니 황건적 다수와 겨루는 광경이 연출되었다. 조조는 그를 보더니 몹시 탐이 났다. 조조는 전위를 불렀다.
 "전위, 저 자와 일기토로 승부를 겨루다 저쪽으로 유인해라. 나머지는 우리가 알아서 하마."
 "알겠습니다!"
 전위도 페널티를 없애고자 말에서 내려 그에게 접근했다. 그는 전위에게 으르렁댔다.
 "뭐냐? 관군이냐? 나는 관군 되게 싫어하거든. 덤빌 테냐?"
 "좋다. 나는 전위. 악래라 불리우는 사내다."
 "난 허저, 자는 중강이라고 한다. 자, 그럼 간다!"
 50합 경과, 전위는 봐줄 생각이었지만 봐주다가 자기 목이 날아갈지도 모른단 생각이 들었다. 그래도 다행히 빈틈을 찾았기에 쌍철극으로 휘둘러 허벅지에 상처를 입힌 뒤 조조가 지시했던 장소로 도망치기 시작했다. 허저가 외쳤다.
 "야이 씹새끼야, 싸웠으면 끝장을 봐야 할 것 아니냐! 너만 때리고 내가 안 때리면 그만큼 서러운 게 없다!"
 분명 허벅지를 찔렀는데도 허저의 스피드는 장난이 아니었다. 전위가 들어간 집골목으로 따라 들어갔고, 그곳은 페이크다 병신아! ㅋㅋㅋ 함정이 놓여있었다. 조조 일행은 그 함정이 놓인 곳으로 이동하였다. 조조가 허저에게 물었다.

"귀공의 재능은 우리에게 큰 힘이 될 것이오. 어떻소, 허저여. 조조군으로 임관하지 않겠소?"

"조조 님이 이렇게 따뜻하게 받아주실 줄은 몰랐습니다. 이 허중강, 조조 군으로서 전력을 다해 싸우겠습니다."

조조는 허저란 인물을 휘하에 넣어 자신의 보디가드 역할을 하도록 하였다. 하여튼 여남에서 풍족하게 쌀을 확보한 조조군은 복양의 여포군을 향해 진격했고, 여포는 진궁을 불러 근심 걱정을 나타내었다.

"진궁, 이제 우리도 먹을 쌀이 없어지는데 조조군은 여남에서 충분히 먹을 쌀을 구하지 않았소? 이게 어떻게 된 거요?"

"에, 그게… 제 불찰입니다. 사실 전 씨 부호를 이용한 작전으로 마무리 지을 생각이었는데 그게 실패해서…"

"하는 수 없군. 전군 요격에 나선다! 출발한다!"

여포에게는 초선을 장료에게 맡기고는 복양이라는 성채를 완전히 버렸고, 조조와 여포가 마주쳤다. 여포가 먼저 큰소릴 외쳤다.

"조 씨 대대로 탐관오리란 것이 사실이라는데, 그게 정말이냐?"

"음, 배신의 핏줄을 가진 자에겐 그런 소리 듣고 싶지도 않다. 전위, 허저, 하후돈, 하후연! 여포를 집중적으로 마크해라! 나머지 군사들은 쩌리들 처리에 들어간다!"

조조의 날고 긴 장수 4명이 여포를 맡으니, 여포가 제대로 상대하기가 버거웠다. 여포군이 조조 군보다 더 많이, 더 빨리 죽어나갔다. 여포가 외쳤다.

"전군 철수한다! 복양으로 이동해라!"

여포 군이 복양성 앞에 서서 성문이 열리길 바라고 있는데, 어찌된 일인지 성문이 열리질 않았다. 진궁이 성곽을 가리켰다.

"여포 주공, 저기에!"

"ㅋㅋㅋㅋㅋㅋㅋㅋㅋㅋㅋㅋ!"

복양성 성곽에서 실실 쪼개는 자가 있었으니, 바로 전 씨였다. 그동안 쌓인 게 많았는지 이를 기회로 삼아 신나게 구시렁댔다.

"네 이놈 여포야! 감히 내 민증을 훔쳐서 조조 님을 현혹해? 너

같은 놈은 죽어야 마땅하다!"

"으으, 이 녀석이…!"

여포가 활시위를 당겼으나 전 씨는 이미 도망치고 없었다. 진궁이 여포에게 건의했다.

"듣자 하니 서주에는 유비란 군웅이 있다고 하는데 개착하다고 합니다. 그곳에 의탁하는 것이 어떻습니까?"

"오오, 그럴 수가 있었군. 거기로 이동하세나."

....

강동의 호랑이 손견은 유표와 양양성을 두고 대치하던 도중, 여공이란 장수의 낙석과 화살 세례에 의해 전사하였다. 세력권을 잃어버린 손견의 아들, 존잘남인 손책은 수춘에서 세력권을 늘리고 있는 원술에게 의탁하기로 하였다. 호랑이 담배 피우던 시절, 손책은 정원에서 담배를 피우며 허공에 욕설을 계속해서 날렸다.

"시발… 시발…"

"방금 시발이라고 하셨습니까?"

"읍!"

손책이 입을 가리고 뒤를 돌아보니 원술군 휘하 여범이었다. 손책이 가슴을 쓰다듬으며 말했다.

"후우, 깜짝 놀라지 않았소. 자네가 아니라 다른 이가 들었다면 징계감이었을 거요."

"후후후, 그렇군요. 손백부님은 지금 생활이 마음에 들지 않으시니. 시발이란 말만 들어도 왜 그런지 다 알게 되겠지요."

"여범, 뭔가 계략이 없을까요?"

"글쎄요… 우선 손책 님에게 필요한 것은 장수가 아닌 병사, 병사가 절실합니다. 굉장한 것을 원술 님에게 건네주고 병사를 받는 수밖에 없지요."

"그 대가란…?"

"아직도 모르시겠습니까? 옥새입니다. 옥새를 차지한 자만이 황제가 될 수 있잖습니까."

"쩝… 옥새를 남에게 주긴 아까우나, 어쩔 수 없군요."

원술군 회의장, 손책은 원술을 알현하였다. 원술이 거만한 얼굴을 하며 객장인 그를 바라보고 있었는데, 손책이 내민 옥새를 보자 눈이 휘둥그레졌다.
"이것을 바치고자 합니다. 다만…"
"다만…"
"저에게 병사 5천을 주셨으면 합니다. 스스로 독립하고자 합니다."
"오오, 알겠네. 그런데 내가 보기에 5천은 너무 적군. 1만이 어떠한가?"
"명공의 과분함에 감사드립니다."

. . . .

 손책군 휘하 장수인 정보, 황개, 한당 등은 이미 전투태세를 갖춘 뒤였다. 그리고 이들을 보좌할 주유와 손정, 주치, 여범 또한 마찬가지다. 특히 주유는 손책과 의형제 사이로 문무 모두 뛰어난 존잘남 인재였다. 진영에서는 손책과 주유 중에 누가 제일 잘생겼나 하면서 내기를 하기도 했으니 말이다. 그 정도로 아주 멋진 용사들이었다. 손책은 강동을 다시 차지하기 이전에 서주에 방문하였다. 바로 이장인 장소와 장굉을 자기편으로 끌어오기 위함이었다. 손책의 간청으로 인해 이장은 선뜻 응했다. 주유가 물었다.
"손책, 첫 번째로는 어딜 노릴 셈이야?"
"우선 말릉을 뺏고 싶어. 거길 근거지로 삼으면 모든 게 잘 풀릴 것 같단 말이지."
"좋아, 알았다. 전군! 배를 수리하고 말릉을 향해 진격할 준비를 마치도록!"
 우저 요새는 말릉을 지키는 요새였다. 저 멀리서 날라오는 화살 숫자가 장난 아니게 많았기에 손책군 배는 쉽사리 접근하기가 어려웠는데, 그때였다. 우저 사방에 화계로 보이는 불길이 요새를 휩쓸었다. 우저 요새가 함락되자 배에서 내린 손책 앞으로 두 장수가 나타났는데, 그들은 무릎 꿇으며 말했다.

"장흠입니다."

"주태입니다. 원래 해적이었으나 마음을 고쳐먹고 손책 님에게 귀순코자 합니다."

"저희를 받아주십시오, 손책 님."

"하하! 자네들이 없었다면 우린 우저 요새를 빼앗지 못할 뻔했소. 해적이라도 상관없으니 앞으로도 우리를 위해 힘써주시오."

"예!"

"넷!"

 말릉 주변 항구에 배를 댄 손책군은 파죽지세로 말릉성을 향해 진격하다 마중 나온 유요군과 맞닥뜨렸다. 보통이면 선봉장이 대장이 아닌 경우가 많으나, 손견의 아들 손책이 고정도를 휘두르며 덤벼드니 유요군의 사기가 급격히 떨어졌다. 이에 유요군의 장수 우미가 손책을 맞았는데, 3합만에 손책의 겨드랑이에 목을 내주었고, 장수 하나를 잡았단 생각에 자신의 본진으로 돌아가려는 손책을 붙잡기 위해 유요군 장수 번능이 뒤따라왔는데, 손책이 뒤돌아 고함을 지르자 말에서 떨어져 그대로 사망하였다. 우미는 겨드랑이에 끼인 채 사망, 2킬 0데스 달성이었다. 요격 나온 유요군 측에는 이제 유요와 장영, 착융, 설례, 태사자 뿐이었다. 태사자 곁에서 보좌하던 한 병사가 물었다.

"호랑이님! 아, 아니… 태사자님! 우리 이제 어떻게 하면 좋을까요?"

"저 언덕은 손책이 이쪽 지리를 파악하는 데에 활용하기 좋겠구나. 저기로 한번 가보겠다. 12시간이 지나도 돌아오지 않으면 죽었다고 생각하거라. 이랴, 이랴!"

············

 손책이 우뚝 솟은 언덕을 가리키더니 손책의 일행들에게 말했다.

"저 언덕을 이용하여 적진을 샅샅이 파헤쳐보겠다. 어떠한가?"

이에 주유가 그를 가로막았다.

"손책, 그 행동은 위험할 수가 있어. 재고하길 바래."

"하하하! 걱정 말게, 주유. 장수 중에 날 이길 자는 없잖아?"

"그렇긴 하다만…"

"자, 그럼 다녀오지!"

" … 조심해, 손책."

말릉에서 멀지 않은 곳에 언덕이 하나 있었고, 그곳을 향해 두 장수가 움직였다.

"아, 존나 시원하네ㅋㅋㅋㅋㅋ"

바람 쐬러 온 사람과,

"저 녀석이 바로 손책이구나."

사람 죽이러 온 사람이 있었다. 손책의 눈에는 범상치 않은 중무장한 남성으로 보였다. 태사자가 크게 외치며 말을 박찼다.

"넌 오늘이 제삿날이다! 크아아아아아앙! ㅋㅋ"

손책과 태사자는 100합을 넘게 겨뤘으나 도무지 승부가 나지 않았고, 저 멀리서 손책의 장수인 정보와 황개가 다가왔다. 태사자가 외쳤다.

"야 이 시벌색기들아, 당당하게 1:1로 싸워야지 않느냐! 오늘은 이만 철수하겠다!"

태사자가 물러나자, 손책이 지원 온 두 장수에게 말했다.

"쓰벌 하마터면 지랄 맞게도 내 목숨이 큰일 날 뻔했소이다. 다른 장수들은 오합지졸이지만 저 태사자란 장수는 보통 장수가 아닌듯하오. 생포하여 아군으로 끌어들입시다."

손책군은 말릉성에 도달, 성 동쪽만 일부러 열어두었고 신나게 공격하였다. 이에 태사자를 포함한 유요군이 성 동쪽으로 ㅌㅌ 하는데, 마침 숲속에 숨어있던 손책군의 야습으로 인해 모조리 생포하였다. 임무를 담당했던 손책군 중 하나가 손책에게 보고하였다.

"손책님, 호랑이를… 아니 태사자를 생포하였습니다."

"오오 시발! 고저스! 당장 데리고 와라!"

이에 태사자가 붙들려 회의장에 당도하였고, 손책이 그에게 말했다.

"태사자여, 그가 나에게 보여준 용기와 집념은 실로 대단했소이다. 인제 그만 포기하고 우리 손책군 휘하에 들어오지 않겠소?"

"알겠습니다. 다만 저에게 시간을 주시겠습니까? 지금 현재 제 휘하 병사들이 3천 정도가 흩어져있는데, 그들을 데리고 손책 님의 휘하로 들어오겠습니다."

"ㅋㅋㅋㅋ 이걸 믿어야 됨? 속내가 보이는데ㅋㅋㅋ"

"믿어주시길ㅋ"

"어쨌든 알았소. 하루면 되겠소?"

"충분합니다."

태사자가 오전 8시 경에 떠나고, 주유가 손책에게 말했다.

"손책, 너무 위험한 도박이 아닌가? 태사자가 도망갈 가능성이 너무 높지 않소?"

"난 태사자를 믿는 것이니, 태사자도 나를 믿을 것이오."

"흠, 역시 손책 답군. 태사자가 안 오면 너 쥐어 팰거다?ㅋ"

"ㅋㅋㅋㅋ 오면 너 죽빵ㅋㅋ"

"ㅋㅋㅋㅋㅋㅋ"

근데 진짜로 태사자가 왔당ㅋㅋㅋㅋㅋㅋ 다 세어보니 정말 3천 군사였다. 손책은 주유에게 죽빵을 날리고는 태사자의 어깨에 양손을 올렸다.

"내가 훌륭한 인재를 알아봤구나! 태사자, 앞으로 잘 부탁한다!"

"예, 손책 님! 저도 잘 부탁드립니다!"

결국, 말릉성이 손책군에게 함락되고, 손책과 주유, 정보, 한당, 황개는 추후에 어딜 칠까 고민하다가, 마침내 엄백호를 치기로 결정하였다. 엄백호는 동오의 덕왕이란 자칭을 가지고 있었다. 손책군은 엄백호가 거주하는 오군의 바깥에 진지를 짓고 있었는데, 이때 엄백호측에서 사자 엄여가 왔다. 엄여가 회의장에서 손책에게 이렇게 말했다.

"저희 덕왕께서는 손책님과 싸우는 것을 원하지 않습니다. 속히 화친을 원합니다."

"이게 끝이냐?"

"네?"

"이게 끝이냐고 쉑햐ㅋ"

"ㅋ?"

"뭐하냐, 얘들아. 저 쉐퀴 죽이지 않고!"

엄여는 진영에 있던 손책의 병사들에게 이끌려 바깥으로 나왔다.

"아, 어이없얼얼ㅋㅋㅋ 내가 이렇게 죽다니! 에잇! 고자라니!"

엄여는 고자가 되어 죽었다. 손책은 그런 모습을 엄백호군 성곽에서 보이도록 하고, 오군에 총공격을 가할 준비를 하였다. 엄백호는 기겁을 하고 오군을 벗어나 회계의 왕랑에게 도망쳤다. 손책군은 회계를 총공격하였으나 꿈적도 않아 시발시발 거리고 있었는데 마침 손책 옆에 있던 손정이 말했다.

"여기서 멀지 않은 곳에 사독이란 군량고가 있소. 거길 치는 게 어떻소?"

"오 시발 왜 그동안 말 안 했음? 맞고 싶음?"

"봐주삼ㅋ"

"전군은 들어라! 지금부터 사독을 칠 것이다. 모두, 주유의 명령을 듣고 움직이도록!"

한편 회계성 성곽에 있었던 왕랑과 엄백호는 손책군들이 쳐들어오지 않는 것을 보고 감 잡았다. 보나 마나 사독으로 갔을 것으로 추측하고 있었다. 엄백호가 왕랑에게 따지고 들었다.

"아니, 왕랑놈아. 군량고를 성안에다 놔둬야지, 바깥에다 두면 어쩌자는겨?"

"뭐 이놈아, 나한테 불만 있냐? 싸울래?"

"그래, 싸우자 새끼야!"

그때, 왕랑의 곁에 있던 우번이 두 사람을 말렸다.

"지금은 싸울 때가 아니잖소, 이 병신들아! 사독을 구하러 갈 때 아니오?"

듣고 보니 맞는 말, 왕랑은 절반의 숫자를 편성해 엄백호와 함께 성 바깥으로 내보냈다. 목표는 당연히 사독이었다. 사독으로 가는 길에는 손책군들이 지대로 편성되어 있었고, 왕랑이 그들을 향해 외쳤다.

"자, 돌격!ㅎㅎ"

그들은 주유의 병사에 의해 순식간에 삭제당했다. 왕랑은 손책 군에게 항복하고, 회계성으로 도망쳐 온 엄백호도 동습이란 장수의 반란 때문에 죽임을 당했다. 우번도 손책에게 항복. 그렇다. 손책군은 강동을 모조리 점령한 것이다. 이때부터 손책은 강동의 소패왕이란 칭호를 얻었다. 손책과 주유는 오군으로 귀순하였고, 백성들은 손책을 진심으로 환영하였다.

그리고 어느 날, 나이든 교현이 손책과 주유를 초대하였다. 손책과 주유는 소주를 원샷하고 삼겹살을 구워서 흥하며 놀다가, 교현이 자기들에게 소개하고픈 소녀들이 있다며 그녀들을 불렀다. 그녀들이 바로 대교와 소교였다. 손책이 말했다.

"오오… 난 왼쪽이 무척 마음에 드는군. 대교라고 했던가?"

"손책, 난 오른쪽이 마음에 드네. 소교였지 아마?"

술기운으로 미청년의 마음을 사로잡은 교현은 마음속으로 ㅋㅋㅋ 거렸다.

'아싸 이제 우리 일가가 손가에 들어가는구나! ㅋ'

대교와 소교가 마음에 든 손책과 주유는 빠른 시일 내에 결혼식을 올렸고, 그들은 행복한 나날을 보냈답니다.

. . . .

한편 장안성은 난장판이었다. 왕윤, 장제와 번조는 사망한 지 오래고, 이각과 곽사가 헌제를 두고 치열하게 싸우고 있었다. 양표가 이각과 곽사를 이간질시키는 가운데, 동승 일행이 헌제를 마차에 태우고 장안성 동문으로 빠져나가 낙양성을 향해 ㄱㄱ 했다. 이를 뒤늦게 깨달은 이각과 곽사는 일심동체가 되어 헌제를 추격하였다. 거의 다다랐을 때, 동승은 마차에 두었던 금은보화를 널리 퍼뜨렸다. 그랬더니 이각군과 곽사군은 다 주워주워 모드ㅋ 했다.

동승은 멀리서 이 소식을 듣고 찾아온 양봉과 서황에 의지하여 낙양에 도달했는데, 너무나 처참해서 이곳에 있기에 참 애매했다. 하는 수 없이 가장 가까운 조조군을 향해 발걸음을 옮겼지만 이각군과 곽사군과의 거리가 상당히 가까워졌다. 헌제가 살 떨리며 외쳤다.

"이 짐을 구할 자 누구 없느냐!?"

그때였다. 전방에서 기마대가 상당수 다가왔다. 그들은 헌제가 탄 마차를 호위하였다. 누군가 했더니 조인이었다.

"폐하, 지금부터는 저희에게 맡겨만 주십시오!"

"오오, 조인. 정말 감사하오! 듬직하네그려!"

"전군! 이각군과 곽사군을 모조리 쳐부숴라!"

조인의 양옆에는 하후돈과 하후연이 있었다. 그들은 말을 박차고 나갔고, 제2진으로 전위와 허저가 뒤따라갔다. 후진에는 조조가 있었다. 조조는 헌제에게 말했다.

"음, 잔당들은 거의 다 토벌한 듯하니, 일단 진류로 돌아갑시다. 어떻습니까?"

"조조, 그대 말에 따르겠네. 잘 부탁하네."

"전군! 진류로 복귀하자!"

이때 조조는 뽀나스로 양봉 휘하에 있던 서황까지 얻었다. 진류로 복귀한 조조는 책사, 동소의 의견에 따르기로 했다. 그 의견이란 본거지를 허창으로 옮기자는 것이다. 그곳이 가장 합당하다는 것에 그의 생각이다. 허창 회의장, 순욱, 순유, 곽가, 정욱이 한자리에 모였다. 조조가 억대 연봉 얘들에게 현재와 추후의 의견을 물었다. 순욱 차례다.

"우선 해냈군요ㅋㅋㅋ정ㅋㅋㅋ벅ㅋㅋ"

이번엔 순유의 차례다.

"아직 방심하기엔 이릅니다. 듣자 하니 여포가 유비에게 달라붙었다는군요. 메뚜기 새끼… 조조 님도 경험해봐서 아실 겁니다. 조심합시다."

그리고 곽가의 차례,

"유비와 여포의 연합은 분명 무섭긴 합니다. 하지만 우리가 헌제를 옹호하는 이상, 무서워할 게 없습니다. 바로 이호경식지계입니다. 두 호랑이가 한곳에 모이면 서로 싸우게 할 수 있습니다. 이 전략을 적용하였으면 좋겠습니다."

마지막으로 정욱의 실소,

"이걸로 유비와 여포도ㅋㅋㅋㅋ!"

조조도 의견을 제시했다.

"음, 우선 곽가의 의견을 채용하겠다. 그대의 의견은 실히 대단하오. 곽가, 정확히 이호경식지계를 설명해주길 바란다."

이에 곽가가 나서서 조언했다.

"이호경식지계는 사실 별거 없습니다. 말 그대로 두 호랑이를 싸우게 하는 것입니다. 그 방법은 헌제의 칙사를 이용하는 것입니다. 최근 들어 원술이 옥새를 가짐으로써 자칭 황제 행세를 하는데 이는 크게 문제 됩니다. 이를 이유로 하여 유비에게 칙사를 보내 유비군이 원술군과 싸우게끔 합니다. 그런데 그렇게 하면 서주성은 거의 빈성… 그렇다는 것은 하비성에 위치한 여포가 기회를 노려 서주성을 차지하게 된다는 겁니다. 어떻습니까, 참 쉽죠?"

제 5 장
서주의 정변

조조에게 신나게 털린 여포군은 개착하다고 알려진 서주의 유비에게 달려갔다. 어찌 됐건 유비는 여포를 진심으로 받아들였고, 회의장에서 가볍게 술 한잔한 다음에 여포에게 하비성 한 채를 주었다. 이에 빡친 장비가 유비에게 말했다.

"형님, 여포에게 성 하나를 통째로 주다니, 난 인정할 수 없소!"

관우도 마찬가지로 유비에게 굴었다.

"너무 안 좋은 처사가 아닌가 싶습니다. 좀 더 신중해야 했지 않았나…"

이에 유비가 답하였다.

"나는 그를 믿어보는 것이오. 내가 그를 신뢰함으로써 그의 마음을 사로잡아 보겠다. 관우와 장비도 이런 나를 이해해 주길 바라오."

· · · · · · · · · · ·

서주 회의장에서 바깥으로 나온 여포와 진궁, 장료는 유비의 대접에 감탄하였다. 그중 여포가 가장 신났다.

"와 쩐다 쩔어! 유비의 서비스가 지리는구먼! ㅋㅋㅋ 하비성이라 했던가? 다들 그곳으로 이동한다. 진궁, 장료는 병사들을 통솔하여 하비성으로 이동하도록 하자!"

마차에 타고 있던 초선은 여포가 호위하며 전진하였는데, 아직 사정을 모르던 초선이 그에게 말했다.

"저, 봉선 님. 우리 어디로 가는 것인가요?"

"유비의 세력권이었던 하비로 가는 것이다. 유비가 하비를 우리에게 주었지. "

"드디어 안정된 거주지를 마련한 것이군요? "

"그렇다. "

"이제 거기서 봉선 님과 저는… ㅎㅎ"

"ㅋ! 바로 그것이다. 사랑한다, 초선."

"봉선 님, 사랑합니다."

하비성에는 간손미가 자리 잡고 있었다. 진궁이 통치권을 그들에게 건네자 간손미는 조금 어리둥절하면서도 유비의 지시인 것은 확실하니 서주로 떠날 채비를 한 뒤 떠났다.

············

헌제의 칙사가 유비의 진영에 도달한 것은 지금쯤이었다. 칙사가 종이에 적힌 글을 그대로 전달하였다.

"원술이 최근에 옥새를 손에 넣었다며 황제 행세를 하고 있소. 유비는 속히 그들을 토벌해주길 바라오. 이상이오."

이에 유비는 칙사의 요청을 받아들였다. 관우가 유비에게 말했다.

"형님, 이건 조조의 계략입니다. 원술과 우리군의 병력을 감소시키려는 수작, 뻔합니다."

손건도 이어서 말했다.

"게다가 하비성에는 여포가 있습니다. 우리가 원술을 치러 떠났을 때 빈집털이 당할 수가 있습니다. 스타크래프트 안 해보셨습니까? 그러다 엘리당합니다ㅋ"

진규와 진등도 입을 모아 말했다.

"유비 님이 원술을 칠 것은 거의 정해진 일이나 다름없습니다. 반반 나눠서 병사를 편성하도록 하죠."

유비가 드디어 입을 열었다.

"진규와 진등 부자가 내 마음을 움직이는구나. 모두 그들의 말에 따르라!"

유비는 관우와 간손미가 한팀이 되어 원술을 토벌하러 나섰고, 장비, 진규, 진등, 조표는 서주성을 보호하기로 했다.

············

원술이 황제 행세한 때는 손책이 원술에게 옥새를 쥐여 주었을 때부터였다. 그는 완전 미쳤다ㅋ 마치 뇌가 없다. 조조가 유비와 여포를 이간질하려는 의도도 있었지만, 정말로 원술을 토벌하고 픈 마음도 있었다. 하여튼, 수춘으로 공격을 오는 유비군을 상대로 원술 또한 병사들을 재정비하여 보냈다. 원술의 선봉장으로는 기령, 유비의 선봉장으로는 관우였다. 기령이 외쳤다.

"넌 무슨 귀신이냐? 수염은 존나 길고, 얼굴은 대춧빛…"

"난 관우 운장이라 한다. 네놈이 원술군에서 그나마 날고 긴 기령이구나."

"알아주니 고맙구나. 자, 간다!"

둘이서 30합을 채웠으나 도저히 승부가 나지 않았다. 하지만 쪼들린 쪽은 기령이었다. 그는 나중에 싸우자고 엄포를 놓은 후 원술군의 진영에 들어가더니 다신 나오지 않았다. 이에 관우가 외쳤다.

"기령아, 쫄았느냐!? 우리에겐 남은 싸움이 있지 않느냐? 똥 싸고 있느냐?"

관우의 호통에도 불구하고 원술군은 꼼짝도 안 하고 있었다. 하는 수없이 관우는 유비군 진지로 돌아갔다. 그런데 안 좋은 소식이 들려왔다. 서주성이 여포군에게 함락되었다는 소식이다. 분명 장비가 지키고 있었을 터였는데…

· · · · · · · · · · ·

"커억! 취한다!"

장비는 관아에는 있지도 않고 종일 맥주나 마시고 있으니, 서주성 일이 제대로 돌아가는 게 없었다. 이를 만류하고자 진등이 나섰다.

"장비 님. 유비 님은 이렇게 하라고 서주 총대장으로 임명한 것이 아니지 않습니까? 제 말이 틀린 데가 있다면 반박해주십시오."

"어이, 진등! 지금 나랑 한판 해보잔 말이오?"

"아, 아니… 그런 것은 아닙니다만…"

"그러면 꺼져줄래? ㅎ"

"넵, 실례했습니다."

장비는 이번엔 원샷을 하기 시작했는데, 이번엔 여포의 장인인 조표가 나섰다.

"이보게, 장비. 나 여포의 장인인데, 내 말 좀 들어보게."

"뭐, 여포!?"

여포란 말에 눈이 휘둥그레진 장비가 조표의 멱살을 잡으며 떠들었다.

"아니, 너 지금 뭐라고 했냐. 여포라고? 여포라고?!"

"으악, 아니, 맞는 말을 했을 뿐인데 왜 이러시오!?"

"얘들아, 이노무 자식에게 곤장 50대를 선물하라!"

조표는 곤장 대에 올라와서도 끊임없이 장비에게 꼼짝하지 않았다.

"반드시 여포가 너를 죽이러 올 것이다!"

"지랄한다. 자, 하나!"

"으악!"

"둘!"

"으악!"

궁둥이가 빨갛게 된 조표는 호위병의 부축으로 자신의 저택으로 돌아왔다. 이에 복수의 마음을 품은 조표는 호위병에게 서신을 주고 여포에게 갔다가 오라고 하였다. 그 내용은 장비가 현재 맥주에 쩔어 있으며, 지금 서주성으로 침공하면 충분히 점령할 수 있다고 하였다. 여포는 입가에 미소가 지어졌다. 대부분의 병력을 서주성을 점령하는 데 쏟았다. 장비는 맥주를 원샷하고 쓰러져 있었는데, 근처에 있던 병사 하나가 장비에게 고했다.

"장비 님! 시발! 장비 님! 시발!"

"으, ㅇㅇㅇㅁ… 음?"

"야! 이 장비 시발새끼야, 지금 우리 서주성 개박살나는 중이라고!"

" … 뭐야? 시발!?"

장비는 드디어 어떤 상황인지 짐작이 갔다. 장비가 술김에 거동조차 미흡했다. 하지만 바로 전방에 위치한 장수가 누군지는 알

것 같았다. 바로 여포의 장인인 조표였다. 조표가 큰소리를 외치면서 말을 박차고 달렸다.

"야이, 장비 이놈아! 넌 나한테 혼쭐나야만 한다!"

"여포 이름만 존나 파는 새끼야! 간다!"

원샷 원킬! 조표는 전혀 장비의 상대가 되질 못 했다. 서주성을 빠져나와 인원 체크를 해보니 30명뿐, 진규와 진등도 없었다. 장비는 유비에게 어떻게 보고해야 할지 막막했다. 이윽고 장비 군은 유비군 진영 회의장에 도달했다. 장비는 최대한 슬픈 표정을 지으며 유비에게 봐달라고 청했다. 이에 유비도 화가 났으나 최대한 억누르며 다음 루트를 모색하려 했다. 그때였다.

"여포군으로부터 사자가 도달했습니다!"

이제와서 여포군의 사자라니, 도대체 무슨 일인가 싶어 유비는 안으로 들라 했다. 유비가 사자에게 물었다.

"그래, 우리의 서주성을 빼앗고 무슨 용무이십니까?"

"저희 여포 님께서는 화친을 요구하십니다."

이건 뭔 개소리야… 옆에서 듣던 관우와 장비는 소위 말해 빡쳤다. 유비는 사자에게 계속해서 물었다.

"저희는 여포 님에게 서주성 습격을 받은 찰나입니다. 그런데 지금은 또 왜 이런 반응을 보이십니까?"

"저희 여포 님은 유비 님과 같이 연합하길 원합니다. 될 수 있으면 서주성 주변에 소패성으로 들어오시지 않겠습니까?"

"그것 참 시발스럽군요. 여포 님이 서주를 먹고 우린 소패에서 머물라니."

"만약 소패에서 머물지 않겠다면 저희 여포 님은 유비 님을 적으로 돌릴 것입니다."

"흠, 관우. 자네의 생각은 어떠한가?"

"지금은 방법이 없습니다. 여포의 생각을 알 수가 없군요. 그대로 따릅시다."

"음, 좋소. 관우의 의견을 채택하겠소! 사자여, 여포 님에게 전달해주시오."

"예, 감사합니다."

뒤늦게 알고 보니 유비의 감부인과 미부인도 서주성에 있었다. 즉 여포가 하라는 대로 할 수밖에 없었다. 이렇게 치밀한 것이 바로 여포 일행이다. 간손미가 감부인과 미부인을 이끌고 소패성에 입성하였고, 유비, 관우, 장비 또한 소패로 들어갔다.

....

"ㅋㅋㅋㅋㅋㅋㅋㅋㅋ"

여포 일행은 서주성에서 돼지갈비 파티를 하였다. 여기서 가장 신난 것은 바로 여포였다. 소패성에 유비군을 두어 조조군을 상대로 방패막이로 삼고, 성을 하나 더 추가했으니 말이다. 진궁이 여포에게 말했다.

"여포 님, 시작이 반이라고는 하지만, 앞으로의 일은 알 수가 없는 것입니다. 좀 더 신중하게 제 말만 들으시면 천하통일조차도 불가능은 아닐 것입니다."

"진궁. 귀공의 말이 날 이렇게 만들었소. 내가 모를 것 같소?"

"후후, 잘 아시는 것 같으니 더는 뭐라 하지 않겠습니다."

"자, 모두들! 우리 존나 쎈 여포군을 위하여! 건배!"

"건배! "

여포군의 사기는 하늘 높이 충천 되었다.

이각군과 곽사군은 모조리 소탕되었으나, 아직 남은 잔당이 있었다. 바로 장수와 가후, 호거아이다. 그들은 혹여나 조조군이 공격해 오지 않을까 완성에서 성곽을 높이 세우며 대비하고 있었다. 그리고 조조군이 공격해 오는 타이밍은 머지않았다. 완성 회의장, 장수가 가후에게 질문하였다.

"현재 우리군은 5천, 조조군은 5만을 훌쩍 뛰어넘은 듯하오. 어떻게 할 수 있겠소?"

"지금은 매우 불리합니다. 항복합시다."

" … 그런 방법밖에 없단 말이오, 가후?"

"피를 흘리지 않는 것이 더더욱 좋을 때가 많습니다. 지금은 훗날을 도모합시다."

"ㅅㅂ… 내가 군웅이 된 지 얼마나 됐다고…"

"어쩔 수 없슴다ㅋㅋ 참으시길."

···········

조조군 회의장, 장수로부터 칙사가 도달했다. 항복하겠다는 서신을 받은 조조는 반신반의하였다.

"음, 이거 원 쇼발스럽구만. 얘들아, 억대연봉자들을 한자리에 모이라 해라."

이윽고 순욱, 순유, 곽가, 정욱이 희의실 안으로 입장하였고, 조조가 실웃음을 지으며 말했다.

"얘들아, 이거 좀 냄새나지 않냐? ㅋㅋㅋ"

이에 순욱이 말했다.

"그래도 항복은 항복입니다. 받고 입성한 다음에 생각하는 것이 좋을 것 같습니다."

순유가 나서며 반박했다.

"분명히 뭔가 계략이 있을 것입니다. 조조 님은 전 씨 사건을 잊지는 않으셨을 것입니다. 그때랑 비슷한 상황입니다. 조심하시길 바랍니다."

이번엔 곽가가 진언했다.

"듣자 하니 장수 쪽에는 가후란 책사가 있다고 합니다. 그는 사리판단이 분명함으로, 정말로 항복하자는 것일 수도 있습니다."

마지막으로 정욱이 말했다.

"그냥 항복 받지 말고 치면 안 됩니까? 어차피 장수군은 오합지졸입니다."

조조에게 끌리는 대답은 바로 순욱과 곽가의 말이었다. 조조는 사자의 항복을 받아내고는 무혈입성하였다. 조조가 높은 자리에 앉고 정면에는 장수와 가후가 엎드려 절하였다. 조조가 말했다.

"그래, 너희들의 항복은 잘못된 것이 아니다ㅋ 질 싸움에 동원될 병사들의 최후를 막은 것이야말로 굉장한 판단이지. 슬슬 물러가거라."

"네, 알겠습니다."

이로써 완성은 조조의 점령하에 놓였다. 원래라면 허도로 돌아가도 좋으련만, 행군에 지친 병사들을 쉬게 해주려는 조조의 판단이 있었다. 그들을 성 바깥에 진지에서 쉬게 하고, 조조와 전위, 그리고 조앙, 조안민은 완성을 돌아다니며 구경거리를 즐기고 있었다. 그때였다. 어느 여인이 집 바깥으로 흥겨운 악기 소리를 내고 있었다. 조조가 실례차 들어가 보니 아리따운 여인이 하나 있었다. 그녀는 자신을 추 씨라 하였다. 조조 일행이 손뼉을 치며 그 리듬에 따랐고, 추 씨는 가락을 움직이며 자태를 뽐내고 있었다.

…………

추씨가 조조와 한 침상에서 잠자리를 같이하고 있다는 말을 들은 장수는 제대로 빡쳤다.
"이런 시발노무 새키가! 뒤지고 싶냐, 조조!"
가후가 이때 진언했다.
"장수님, 지금이 절호의 기회입니다. 조조를 없앨 기회가."
"아니, 가후님… 이런 상황을 노리신 겁니까?"
"그렇습니다. 조조 군의 장수 전위를 술자리에 초대시킵시다."
"오오, 그런 계책이! 알겠씁니더ㅋㅋㅋ"
완성 회의장, 조조와 추 씨의 잠자리를 지키던 전위가 호거아의 부탁에 두세 번 거절하다가 하는 수 없이 회의장으로 들어왔다. 가후가 외쳤다.
"자, 전위 공. 잘 오셨소. 우리 진영에는 전위 공을 모르는 분이 많을 것이오. 여기 분들에게 소개해주시겠소?"
"ㅋㅋ 나는 악래란 별명을 가진 전위요. 잘 부탁드리오."
가후가 전위에게 소주를 권하자 소주 3병에 금세 취해버렸다. 가후는 눈신호를 보내 병사 둘을 시켜 전위를 조조가 거처하던 곳으로 모셨다. 도저히 술이 깰 것 같지 않아 침실에 눕혔다. 그리고 호거아가 들어와 전위의 쌍철극을 훔쳤고, 찌를 수도 있었으나 그의 자태가 사나워 우선 조조부터 죽이기로 했다. 하지만 조조는 이미 내뺀 뒤였다. 조안민이 조조 대신 찔려 죽고, 조앙이 내놓은 말 한 마리에 ㄲㄲ 하며 타고 저 멀리 도망갔다. 조앙은 울며 말했다.

"아버님, 부디 무사하시길…"

조앙은 검에 맞고 뒤졌다. 전위는 바깥 상황이 너무나 시끄러워 일어나서 쌍철극을 살펴보니 자기의 무기가 없었다. 이에 정신이 바짝 들었다. 그는 저택 바깥으로 나와 맨주먹으로 싸웠다. 화살 세례에 맞고도 꿈쩍하지 않았다.

"네 이놈들아! 내가 바로 악래 전위다! 덤벼라!

전위의 호통에 장수의 병사들이 선뜻 다가가진 못하고 화살만 계속해서 날릴 뿐이었다. 그때 마침, 전위로부터 빼앗은 쌍철극을 가지고 호거아가 등장했다. 호거아가 외쳤다.

"야이 십창새끼야! 너의 무기는 바로 나, 호거아가 가져갔다!"

이에 전위도 반박했다.

"남의 무기를 허락도 없이 빼앗다니, 완전 개새끼네! 잔말 말고 덤벼라!"

이에 호거아가 전위를 향해 달려갔다. 전위는 호거아의 일격에 여러 번 피하다 쌍철극을 빼앗는 데 성공했다. 전위가 활짝 웃으며 말했다.

"알고 보니 상병신이었구나! ㅋㅋ"

"사, 살려줘. 시발!"

호거아가 자신의 진영으로 숨어들었고, 전위는 적병들 사이로 뛰어 들어갔다. 많은 병사 중에서는 쌍철극의 전위를 잡는 이가 없는 모양이다.

· · · · · · · · · · ·

완성에서 홀로 빠져나온 조조는 조조군 진지로 입진했다. 하후돈, 조인을 포함한 장수들은 조조가 무슨 일을 당하고 왔는지 전혀 알지 못했다. 조조가 말했다.

"악래가, 악래가 없구나! 전군! 완성으로 진격해라! 목표는 완성으로부터 악래를 구출하는 것이다!"

마침 성문은 지금껏 열려있었고, 조조군은 성난 파도와 같이 진격했으나, 도저히 뚫을 기세가 보이질 않았다. 조조는 하는 수 없이 철수 명령을 내렸다.

"너희가 찾는 게 이것이냐? ㅋㅋㅋㅋㅋ"

다음 날 아침, 완성 성곽에 서서 조조군을 바라보던 장수가 전위의 머리를 땅에 던졌다. 이에 조조군의 사기는 극도로 떨어졌다. 조조는 전위의 머리를 회수하여 극진히 장사 지냈다. 조조는 우선 전군 허도로 귀환하였다. 조조가 회의장의 높은 곳에 앉아서 구시렁거렸다.

"악래를 잃다니, 이번 연도는 병맛같구나!"

그때, 손책으로부터 사자가 왔다. 하필이면 동오의 손패왕이라니, 조조로서는 굉장히 의외였다. 사자가 조조를 바라보며 말했다.

"저희 손오는 원술군과의 사이가 무척 안 좋습니다. 조조 님이나 유비 님, 여포 님도 마찬가지일 것입니다. 이에 우리 손책군은 반원술 연합군을 희망합니다."

"저 자를 편히 대접하라."

"감사드립니다."

"억대연봉자들 집합하라!"

이윽고 순욱, 순유, 곽가, 정욱이 희의실 안으로 입장하였고, 원술을 칠까 말까 고민하는 조조에게 순욱과 곽가가 차례대로 말했다.

"현재 수춘성은 홍수로 인해 공격하기가 애매합니다. 다음 기회를 노리는 것이 어떻겠습니까?"

"전 손책의 의견에 찬성합니다. 4:1과 같은 기회는 지금 놓치면 다시 돌아오지 않을 것입니다."

"음, 좋소. 난 곽가의 의견에 따르리다."

조조는 물론이고 유비와 여포도 반원술 연합군에 참가하기로 결정했다.

· · · · · · · · · · ·

수춘성 회의장, 원술은 신나게 부하들을 털고 있었다.

"야이 싸가지 없는 놈들아! 우리가 어떻게 1:4를 상대한단 말인고! 양홍!"

" … 예."

"네가 가장 머리 좋지 않으냐?"

"그렇습니다. 전 수능 올백 했습니다만 이것과 삼국지는 다르죠…ㅋㅋㅋ 전략 시뮬하고 국수사영과 같이 쓸모없는 것하고 비교가 됩니까? ㅋㅋㅋ 하여튼 걱정마십쇼, 원술 님. 홍수가 우리를 막아주고 있습니다. 이 홍수를 뚫고 우리 수춘성을 무너뜨리는 건 말도 안 됩니다."

"홍수가 그렇게도 쎄?"

"ㅇㅇ 쎄. ㅇㅈ?ㅇㅇㅈ."

· · · · · · · · · · ·

먼저 조조군이 수춘성에 도달하였다.

"음, 여기가 수춘성인가. 정말로 홍수가 대박이군. 전군! 사방에서 신호가 울리면 그때 공격을 개시하다! 알겠느냐!?"

"예! 알겠습니다!"

"하후돈, 하후연, 조인, 잘 부탁하오."

드디어 수춘성 4:1 총공격이 시작되었다. 사다리를 성곽에 매달고 올라가기도 하며 치열한 전투를 치렀으나 도무지 성곽까지 올라가기가 시원치 않았다. 조조는 일시 후퇴하기로 했다. 그런데 문제가 하나 발생했다. 바로 식량난이었다. 식량보다 더 많은 병사를 데려온 탓에 벌어진 문제였다. 군량 담당관 왕후는 조조에게 조언했다.

"지금은 다른 군웅들에게 군량을 조달받아야 할 것 같습니다. 현재로선 식량 부족에 시달릴 것입니다."

"닥쳐라."

"네?"

"넌 식량을 빼돌리면서 자기 배만 불리고, 병사들에게는 나눠주지 않지 않았느냐?!"

"아니, 어찌… 조조 님! 전 절대 그런 사람이 아닙니다!"

"애들아, 얼른 이 왕후를 문 앞으로 끌어내 목을 쳐라!"

조조는 그리고는 이런 식으로 설명하였다.

"왕후는 그동안 작은 섬으로 병사들에게 나눠주었다. 이는 군법에 어긋난다! 그래서 죽였다!"

현재로는 시발 0순위, 조조다.

제 6 장
여포 토벌전

홍수가 계속해서 성 바깥을 둘러쌓는 가운데, 동서남북으로 치고 들어가는 연합군에 의해 수춘 황궁에서는 원술이 쩔쩔대며 말했다.

"아 시발ㅋㅋ 괜히 황제 되자고 말했나. 되고 남은 게 없잖아!"

이에 양홍이 옆에서 말했다.

"다행히 유비군 쪽이 열려있습니다. 그쪽으로 도망치심이 어떻습니까? 회남땅에서 재기하면 됩니다."

"으으, 조조!여포!손책! 그리고 유비! 내 언젠가 너희를 조져버리겠다! 동문으로 도망친다!"

유비 쪽이 병력이 적었기에 행했던 것인데, 그런데도 다량의 장수들이 붙잡혔고, 그들은 모두 처형되었다. 이제 남은 것은 이 수춘성을 누가 갖는 것인지 결정하는 것, 조조는 넷 중에 가장 많은 영토를 가지고 있었으니 제외하고, 유비는 발언권이 없어서 후달렸다. 그렇다는 것은 손책과 여포의 가위바위보 싸움이 되겠다.

"가위바위보! 나이스!"

"으으… 제길!"

결과는 손책의 승리, 수춘성을 차지하게 되었고, 여포군은 뭐 얻은 것 없이 서주성으로 이동하였고, 유비 또한 근처의 소패로 가는 것이라 가는 곳은 마찬가지였다. 여포가 유비에게 말했다.

"유비 님, 듣자 하니 요새 조조가 우리 서주를 노린다는 첩보가 들어왔다. 같이 공격 올 때 팀플 ㅇㅋ?"

"ㅇㅋㅇㅋ 맡겨만 주십쇼."

· · · · · · · · · · · ·

조조군은 또다시 장수를 토벌하러 떠났다. 한여름이라 그런지 병사들이 물을 원했는데, 이때 조조가 외쳤다.

"걱정말거라, 이제 조금만 더 나아가면 매실나무가 있을 것이다! 아주 맛이 달 테니 조금만 더 힘내라! (십바놈들아 나도 목마르다고!, 참자, 참아!)"

"우와아앙! 매실이래! 매실!"

"조금만 더 힘내자!"

그때, 하후돈이 조조의 말 옆에 다가가며 말했다.

"허튼 수작이군, 맹덕. 이 지역에는 매실나무가 안 필 텐데."

"흐흐, 하후돈. 이것도 전략의 한가지일세. 병사의 사기를 고취하는 것이지."

"맹덕의 생각에는 도저히 못 따르겠군."

"자, 전군 진군! 매실을 위하여!"

"매실! 매실!"

신속히 완성에 다가간 조조군은 완성의 상태를 파악한 결과 동문만 부서져 있음을 확인하였다. 우선 진지부터 구축하고 억대연봉 책사들에게 물었더니, 위격전살을 사용하자는 의견이 나왔다. 위격전살이란, 먼저 서쪽을 공격하다가 나중에 동쪽으로 진격하는 전략이었다. 하지만 곽가가 걱정스럽다는 듯이 말했다.

"가후가 위격전살을 모를 리가 없는데… 이게 통할지…"

하지만 3:1로 위격전살을 사용하기로 하였다. 조조군은 신나게 완성 서문을 공격하였다.

"내 뒤에 선 자는 모조리 벤다! 전군, 진격하라!"

조조의 그러한 신호로도 완성 서문은 꿈쩍대지 않았다. 정오가 되어서야 조조군은 물러났다. 조조가 회의장으로 들어오자 책사들은 조조의 신변을 걱정하였다. 조조가 회의장 높은 자리에 앉더니 말했다.

"이거, 위격전살 믿어도 되는 거요? 장수군이 생각보다 완강하니 동문으로 들어가도 안될 것 같소이다."

이때, 정욱이 말했다.

"그럼 들어가지 맙시다. 위험한 도박은 할 필요가 없습니다. 성벽이 부서진 것도 그렇고, 뭔가 좀 수상한 낌새가 느껴집니다."

이에 순유가 반박했다.

우리의 군사는 장수군보다 월등히 앞서오. 설령 계책에 걸리더라도 이길 수 있단 말이오! "

순유의 말이 조조의 마음을 움직였다. 그가 말했다.

"오늘 야밤에 위격전살을 펼치겠다. 다들 내 결정에 마음을 더 움직이게끔 하지 마시오! 난 이미 결정했소이다."

위격전살 결과가 어떻게 됐을까? 당연히 발렸지ㅋㅋㅋㅋ 허유 엄살이란 가후의 계략을 사용한 장수가 조조군을 유인하여 박살내니 조조군은 허도까지 도망칠 수밖에 없었다. 조조는 0:2로 장수에게 개쳐발리는 결과가 됐다.

· · · · · · · · · · ·

"뭐이 새키야!? 뒤질래?"

소패성 회의장, 장비는 유비에게 혼쭐나고 있었다. 그것은 바로 여포군의 말을 훔쳐온 것이다. 관우가 진언했다.

"이제 여포군이 우리 소패를 휩쓸게 분명합니다. 우선 채비를 하고, 여차하면 조조에게 힘을 빌리러 갑시다."

이에 유비, 간손미도 찬성하는 분위기였다. 간손미가 감부인과 미부인을 데리고 먼저 조조에게 향했고, 유비, 관우, 장비가 성문 바깥으로 요격을 나갔다. 여포가 유비에게 외쳤다.

"야 이 귀 큰 당나귀 새끼야! 내가 너를 구해준 적이 있거늘, 말을 훔쳐가며 네가 나를 배신하다니! 천하의 여봉선, 유비를 개관광시켜 버리겠다!"

여포가 유비를 구해준 적이 있다는 사실은 분명히 존재했다. 수춘공략전 이전에, 원술의 7로군이 소패의 유비를 향해 진격하였는데, 여포가 막아서면서 내기로 방천사극을 땅에 꽂고 멀리서 활을 쏴서 맞추었고, 원술군을 모조리 후퇴시켰다. 하여튼 유비는 그걸 알고도 여포에게 말했다.

"말은 술에 취했는지 벌겋고, 몸차림은 메뚜기인 새끼야! 메뚜기 먹어보니까 꽤 맛있더라!"

이에 여포가 개빡쳤다. 그는 장료와 장패, 고순 등을 선진으로 내세워 공격을 지시했고, 유비 또한 관우, 장비와 함께 말을 박차고 달렸다. 제법 싸움은 되었으나, 여포의 가세로 인해 승부가 점차 갈리기 시작했다. 유비의 철수 신호에 따라 유비군은 조조의 허도를 향해 도망했다. 이에 여포가 웃음을 지으며 말했다.

"ㅋㅋㅋ 싸워보니 죄다 병신들이었구나! 이제 소패성은 우리들의 것이다! 만세삼창을 하자!"

"여포님 만세!"

· · · · · · · · · · ·

허도 회의장, 조조가 억대 연봉 책사들과 여러모로 의논하고 있었는데, 유비 일행이 찾아왔다는 소식이 왔다. 조조가 말했다.

"아오, 시발… 우리 진영에서 좀 웃기기라도 해야 하는데, 자꾸 진지한 얘기만 하게 되네. 어쨌든 들라 하라!"

이에 유비가 입장, 조조가 말했다.

"음, 유비. 여포에게 털렸나 보군? ㅋㅋ"

"그렇습니다ㅋ… 면목이 없습니다."

"왜 털렸소? 평소에는 잘 지내더니."

"장비 이 쉬발러미가 여포군의 말을 훔치다가 그만…"

"ㅋㅋㅋㅋㅋㅋㅋ"

"ㅋㅋㅋㅋㅋㅋㅋㅋㅋㅋㅋ"

"조인, 우선 유비 일행들의 저택을 안내하도록 해라."

"옛!"

유비가 조인과 함께 물러난 후, 곽가가 조조에게 말했다.

"조조님, 무슨 생각으로 유비군을 받아들이신 겁니까?"

"음? 내가 잘못했단 말이오?"

"그렇습니다. 그는 영웅의 자질을 지니고 있습니다. 우리 허도로 왔을 때 죽이는 것이 좋습니다."

"난 그렇게 생각하지 않소, 곽가."

"그러면 어떻게 생각하십니까?"

"유비가 용인 것은 잘 알고 있소. 그렇기에 내 곁에 두고 싶은 것이지."

"그것이 힘든 일이라는 것은 잘 알고 계십니까?"

"물론이오."

" … 음, 알겠습니다."

"아, 또 진지한 얘기들 뿐ㅋㅋ… 분발하자, 곽가."

"예 ㅋㅋㅋ"

. . . .

유비와 조조는 결국 동맹을 맺었고, 그들의 공격 루트는 바로 여포의 서주성이었다. 하후돈을 필두로 삼아 조조군이 먼저 진격하였고, 중군에서는 유비군이 편성되었다. 여포군에선 조성이 튀어나왔다.

"하후돈이 네놈이렷다!"

"그렇다, 시발놈아!"

"이거나 먹어라!"

크리티컬! 조성이 하후돈을 향해 쏜 화살이 레알 로또 확률로 하후돈의 왼눈에 맞았다.

"크아아악!"

왼눈에서 나오는 피가 얼마나 잔인해 보였는지, 조조군은 물론이고, 여포군 또한 놀라웠다. 하후돈이 말을 박차며 조성을 향해 나갔다.

"이 눈은 부모님이 주신 눈! 절대 버리지 않겠다!"

ㅅㅂ 소설이 아니었으면 이건 19금이었음. 눈을 먹는 하후돈의 그러한 모습에 조성이 기겁하였고, 하후돈의 1합에 그대로 죽었다. 하후돈이 그대로 여포군의 진영에 뛰어 들어가려 하는데 조홍이 말렸다.

"하후돈, 나머지는 우리에게 맡기시게. 지금은 눈에 난 출혈을 막는 것이 더 중요해보이네."

" … 으으, 알았다."

여포가 조조군과 신나게 싸우고 있는 한편, 유비군은 다른 문 쪽을 공격하고 있었는데, 한때 유비의 식구였던 진규와 진등 부자가 성문을 열어주었다. 이게 다 유비가 존잘남이라서 그렇다. 유비군이 거의 무혈입성으로 서주성에 들어갔다. 그러면 소패성은 어떻게 됐느냐? 진등이 보낸 사자가, 서주성이 위험하니 얼른 소패를 버리고 서주성으로 모든 병력을 보내라는 전갈이었다. 이에 진궁은 그 말만 믿고 서주성 쪽으로 돌아왔다. 그리고 그 소패성은 조조군이 쉽게 차지하였다. 여포와 진궁이 합세한 뒤, 식은땀이 난 여포는 우선 하비로 돌아가자고 제안했다.

············

"와아아아앙!"

순식간에 소패성과 서주성을 빼앗은 조조, 유비 연합군은 오리고기 파티를 열었다. 이제 여포군도 여기까지인가 싶었다. 이번 싸움의 전공은 진규와 진등 부자였다. 진등이 말했다.

"저 또한 여러분들이 안 계셨으면 이런 작전은 시행하지도 못했을 것입니다. 모두 다 같이 축배를 듭시다!"

여포군은 이제 하비성 뿐이다. 하비성 회의장에 도달한 여포는 푸념했다.

"에잇 십창 놈들! 진 부자가 우릴 뒤통수치다니! 예수여(?), 우릴 구원하소서!"

한나라의 군웅이 예수 따위를 믿으니 머리가 띵한 진궁이 여포에게 진언하였다.

"여포님, 듣자 하니 하비성 북쪽에 군량미를 실은 군량대가 지나가고 있습니다. 거길 노려보는 게 어떻습니까?"

"싫어~싫어, 난 초선이랑 최후까지 놀 거야! 그치, 초선아?"

"네, 봉선 님."

"ㅋ… 진심?"

"ㅋㅋ 진심임."

"아오 시발… 내가 이딴 녀석을 군주로 삼았다니!"

"지금 뭐라고 했는가, 진궁?"

"에휴, 자기 앞에서 욕설을 퍼부어야만 정신 차리는 개새끼야!"

"얘들아, 저 새끼를 감방에 쳐넣어라!"

진궁은 감옥에 들어가기 전까지 여포에게 욕설 퍼붓기를 멈추지 않았고, 초선과 회의장에서 단둘이 잔치를 즐겼다. 그런데 그때였다.

"물이다! 물이 하비성 내부로 쏟아져 온다!"

여포가 정신 차리고 회의장 바깥으로 나가보니, 정말로 그랬다. 조조의 수법이라 단정 지은 여포는 병사들을 시켜 물을 성문 바깥으로 내보내도록 지시한 뒤 회의장으로 돌아왔다. 초선이 걱정스러운 듯 여포에게 말했다.

"봉선 님, 어떤 일이라도 있었습니까?"

"별일 없다. 초선. 이제 슬슬 밤이 됐으니 저택으로 가서 잠이나 자자꾸나."

"좋아요, 봉선 님."

그런데 이때였다. 반기를 들 생각이 있었던 송헌, 위속, 후성이 계획을 실천에 옮겼다. 송헌은 방천화극을 성문 바깥에 던지기, 위속은 적토마를 성곽에 모습을 보이기, 후성은 성 남문 열기, 이 셋을 실천하니 여포는 없는 거나 마찬가지였다. 조조가 외쳤다.

"음, 전군! 하비성 남문을 향해 진격하라!"

유비 또한 마찬가지로 신호를 내렸다. 관우와 장비가 뚫어뻥마냥 뚫어버렸고, 그 뒤에선 하후돈, 하후연, 허저, 악진, 이전, 조인, 조홍이 차례대로 들어갔다. 회의장에 있었던 여포와 초선은 조조가 하비성 내부로 진입한 것을 보고하러 온 장료에 의해 두려움을 감추질 못했다. 여포가 장료에게 말했다.

"장료, 자네는 조조의 신하가 되길 바라네. 자네의 무예는 조조군에게 필시 도움이 될 것이야."

"여포님…"

"그리고 초선 또한 장료를 뒤따라 조조에게 귀순하고."

"봉선님…"

그때, 하비성 안으로 하후돈과 조홍이 들어왔다. 하후돈이 큰소리쳤다.

"네놈은 여포가 아니냐? 방천화극도, 적토마도 없는 여포는 레벨 낮은 허접 새끼나 다름없다ㅋㅋㅋ 모두들, 저 새끼를 잡아라!"

회의장 바깥으로 도망치던 장료와 초선도 결국은 하후연에게 붙잡혔다. 나머지 장수들도 모조리 잡아버리니 드디어 여포 세력은 전멸하였다. 하비성 조조군 회의장에서는 조조가 제일 높은 자리에 앉고, 억대연봉 책사들, 유비, 관우가 착석했다. 조조가 부를 때마다 한 사람씩 손이 묶인 채 여포 장수가 들어왔다.

"장패 납시오!"

여포군으로서 마지막까지 최후를 다해 싸워서인지 몰골이 말이 아니었다. 조조는 장패에게 물었다.

"장패여, 내가 너에게 기회를 준다면 태산을 통틀어 우리 조조군을 다스려줄 수 있겠느냐?"

"ㅇㅋㅇㅋ 맞겨주셈여."

다음은 고순이었다. 패배한 전적보다 승리한 전적이 압도적인 함진영이라는 별명을 가지고 있었다. 조조로서는 참으로 탐났으나 그는 조조의 물음에 묵비권을 행사했다. 결국, 조조는 빡쳤고, 고순을 형장으로 보내버렸다. 그다음엔 장료였다. 이 녀석도 조금 띠껍게 나왔는데ㅋㅋ 조조가 목을 벨까 하다가, 관우가 전력을 다해 말렸다.

"이 자는 충의로운 사람이오. 조조님, 부탁드립니다. 그를 살려주시오."

"ㅎㅎ 나도 사실 이 자를 원하고 있었소. 장료를 받아들이겠소."

그리고 초선의 차례였다. 조조가 제안했다.

"나랑 허도로 갈래?"

"ㅇㅇ"

참으로 여자의 인생은 굵고 길다. 그리고 진궁의 차례다.

"날 죽여라, 조조야! 난 죽음이 두렵지 않다!"

"음, 진궁. 적이지만 훌륭한 책사였다. 죽음을 원하니 그대로 이루어주마!"

"응…? 이렇게 말하면 살려줄 거라고 생각했는데… 으아아아아악!"

그다음은 여포의 차례다.

"조조! 날 살려주시오! 살려만 준다면 내 무용으로 전국을 휩쓸어 그대에게 바치겠소이다!"

"음…"

그때, 유비가 나섰다.

"조조님. 여포가 정건양을 포함해서 몇 명을 배신했습니까? 이 정도만 말씀드려도 충분하리라 생각됩니다."

여포가 이에 빡치지 않을 수 없었다. 여포가 유비에게 말했다.

"유비, 내가 원술 7로군이 소패로 진군할 때 내가 막아준 것을 잊은 거냐?"

"병신아, 과거가 중요하냐? 현재가 중요하지?!"

"허, 시팔!"

그때, 조조는 유비를 바라보며 허탈해하며 생각했다.

'와, 이런 시발ㅋㅋㅋㅋㅋ 유비가 병맛이겠거니 생각은 하고 있었지만, 뼛속까지 병신이로구나! 앞으로 이 새끼 진짜로 조심해야겠다!'

조조는 여포를 가리키며 말했다.

"여포, 다음 생애에 만나자. 여포를 죽여라!"

"야 이 시발! 조조! 유비! 으아아아아!"

여포 세력은 마무리되었고, 유비군과 조조군은 허도로 개선했다. 백성들이 양옆에 서서 환호하였고, 양 세력은 황궁 앞에 대기시켜두고 유비와 조조만이 헌제를 알현했다. 헌제가 말했다.

"노고 많으셨소. 조조, 유비. 지금부터 관직을 하사하겠소."

"어찌 몸 둘 바를 모르겠습니다!"

조조는 승상, 유비는 좌장군의 호칭을 받았다. 조조가 먼저 물러났을 때. 헌제가 갑자기 친척 드립을 치는 바람에 유비는 유황숙이란 별칭 또한 얻었다. 이 유황숙이란 별칭은 앞으로 유비가 두고두고 쓰는 별칭이다.

어느 날 헌제를 포함하여 조조 일행, 유비, 관우가 사냥을 나왔는데, 헌제가 5발을 쏴도 사슴이 잡히질 않았다. 그때, 조조가 헌제의 활을 뺏어 들더니 그대로 1발을 맞추는 게 아닌가… 그 광경을 모두가 보았고, 관우의 손이 주춤거렸으나 유비가 그 광경을 보고 관우의 손을 멈추게 하였다. 서로 자기 진영으로 돌아가고 있을 때, 관우가 유비에게 말했다.

"유비 형님, 그때는 조조를 죽이는 것이 옳은 판단이 아니었는지…"

"너 바보냐? 아님 병신이냐? 사방에 조조군이 다 깔려있었는데 그 짓 하다간 헌제님을 포함해서 다 뒤졌을 거다."

"으음… 그렇군요. 제 생각이 짧았습니다. 용서해주시길."

．．．．．．．．．．

같은 시각, 유비, 관우와 같은 광경을 봤던 동승은 한실이 위기임을 짐작했다. '동탁 때처럼 미인계 쓰긴 너무 식상하고ㅋ 그만한 인재도 없고ㅋㅋ 아 쉬벌 어쩌지ㅋㅋㅋㅋ 아 맞다! 이럴 때일수록 팀플을 해야지!? 어디 보자. 왕자복이나 오자란, 오석, 충집, 그리고 허도에 머물고 있는 마등과 유비면 충분하겠지? 나 천재인 듯ㅋㅋㅋ'

．．．．．．．．．．

허도 정원, 유비와 조조 둘이서 자리에 앉아 세상의 정세에 대해 말하고 있었다. 그러다 서신이 도착했다. 그것은 공손찬이 원소에게 패배해 멸망했단 것이었다. 조조는 유비가 왜 이리 심각하게 받아들이는지 의문이었다. 조조가 보기에 공손찬은 그저 개색휘에 불가했기 때문이다.

"제가 재기할 수 있었던 것도 그분 덕분입니다. 그분이 아니었으면 저는…ㅋㅋㅋ"

"하긴 그렇겠군. 그러면 아까 하던 얘기나 합시다."

"그럽시다."

"여기 중국 영토에서 누가 영웅이라고 생각하오?"

"형주의 유표라고 생각합니다. 유표님은 강하팔준 중 한사람이고, 예전에 손견군을 꺾은 적도 있으니까요."

"유표는 우유부단하오. 지금 이렇게 번성한 것도 괴량, 괴월 형제 덕분이지. 다른 군주 없소?"

"때마침 허도로 오신 서량의 마등님은 어떻습니까? 기마를 잘 조련하며 맏아들 마초와 방덕 또한 매서롭습니다."

"그들은 머리에 든 게 없소. 있어 봐야 한수뿐이지. 다른 군주는?"

"하북의 원소 님은 어떻습니까? 백마부대로 이름을 날린 공손찬 님을 꺾었으니 말입니다."

"헌제가 현재 우리 수중에 있소. 나와 가장 비슷한 수준의 병력을 가지고 있지. 하지만 그는 영웅이라 할 수 없소."

"그럼 원술…"

"기각."

"아씨, 그럼 대체 누굴 찍어야 정답입니까?"

"바로 유비와 나요!"

"잘 아시는군요. 조조 님. 맞습니다."

" ……? 아니 원래 이런 반응을 원한 게 아닌데…"

마침 서신이 하나 더 도착했는데, 회남의 원술이 하북의 원소와 합치기 위해 북해를 거쳐 가기로 한 것이다. 유비가 조조에게 요청했다.

"조승상님, 신 유비에게 맡겨주십시오. 제가 반드시 그 상병신 새끼를 발라버리겠습니다!"

"음, 좋소! 그대에게 맡기리다."

조조가 유비군을 떠나보내고 허도 회의장으로 돌아왔는데, 곽가와 정욱이 이를 말렸다. 이제 유비를 보냈으니 그가 다시 돌아올 일이 없다고 하자 조조는 이제야 아차 싶었다. 조조는 군사를 집결시키라 말했다. 조조가 외쳤다.

"모두들! 필시 유비는 우리를 배반하고 서주성으로 향할 것이다! 우리는 이들을 전부 처리하겠노라! 진군!"

이로써 조조의 5만 군사가 서주성을 향해 진군을 개시했다. 한편, 유비는 독백했다.

"아, 조조네 하나도 재미없어ㅋ 개그를 치긴 치는거야? ㅋ"

제 7 장
관도 대전

조조의 영토를 떠난 유비군은 옥새만을 품고 하북으로 떠나던 원술군을 그대로 안드로메다로 보낸 뒤, 차주에게 훼이크를 써서 서주성을 함락시켰다. 그런데 문제는 이것뿐만이 아니었다. 보고가 빠르게 들어온 것이다. 서주성 회의장,

"조조군이 소패성을 함락하고 이쪽 서주성으로 오고 있습니다!"
이에 유비가 뒷목을 잡았다.

"한낱 기도위를 지냈던 새끼 주제에… 감히 승상이 됐다고 깝쳐? 군사 수는 얼마나 되는 것 같은가?"

"그것까진 안 세어봤습니다ㅋ…"

"ㅋ! 역시 우리의 사자답군."

"ㅋㅋㅋㅋㅋ 죄송합니다."

이제 어떻게 싸우는지 정하는 게 관건이건만, 의외의 장수로부터 조언을 듣게 되었다. 그는 바로 장비였다.

"형님, 야습하는 게 어떻습니까? 조조군은 먼 길을 걸어와서 매우 지쳐있을 것입니다."

"오오 시발, 익덕! 너 각성했냐? 지력 좀 오른 모양인데?"

"헤헤헷, 나도 사람이오. 싸움하다 보면 머리 좋아지는 건 당연하오."

"좋다. 오늘은 실컷 자둬라. 야습 준비를 하자꾸나!"

"예!"

…………

행군 도중 정욱이 조조에게 말했다.

"조조 님, 오늘 야습이 있을 예정입니다."

"아니, 어떻게 그걸 아시오? 매우 궁금하외다."

"삼국지 읽다 보면 다 알게 됩니다ㅋㅋ 코믹 삼국지에서 순욱,

순유, 곽가, 정욱 중에 누가 예측하는지는 별로 안 중요합니다ㅋ
ㅋㅋ"
"음, 좋다. 전군, 여기서 진지를 구축하라! 야습을 대비해라!"

· · · · · · · · · · ·

 그날 밤, 유비군과 장비군은 조조군 바로 앞까지 도달했다. 유비
와 장비가 일제히 외쳤다.
"전군! 불화살을 날리고 돌진하라!"
 그러나 들어와 보니 아무도 없ㅋㅋㅋ억ㅋㅋ 유비가 허탈한 모습
을 보일 때 사방에서 허저, 하후돈, 하후연, 조인, 조홍, 서황, 우
금, 이전, 악진 9로군이 유비군을 향해 쏟아져 나왔다. 이에 당황
한 유비와 간옹, 장비는 도망치기 바빴다. 유비군이 모두 흩어졌
을 땐 이미 서주성이 조조의 손으로 들어왔다. 하비성에는 관우
가 버티고 있었다. 하비성을 포위한 조조는 관우와 지기였던 장
료를 투입하였다. 장료가 성곽 아래로 내려와 얘기하자고 청했
고, 관우도 흔쾌히 응했다. 서로 말을 탄 채로, 장료가 먼저 말했
다.
"관우여, 알다시피 하비성은 우리 조조군의 상대가 되지 않소.
이 기회에 투항하는 것이 어떻소? 서주성을 점령했을 때 감부인
과 미부인도 우리 손안에 있소. 조승상도 귀공이 휘하로 들어온
다면 반드시 받아줄 것이오."
"대신 3가지를 들어주면 나도 승낙하겠소. 어떻소?"
"음, 말해보시오. 관운장."
"나는 한나라에 항복하는 것이오."
"문제 될 것 없지. 계속하시오."
"두 형수에게 서비스 철저히 하시오."
"그것이라면 조승상도 받아들일 것이오."
"마지막으로 유비 님의 생사가 발견되면 즉시 그에게 떠날 것이
오."
"음… 잠깐 기다려줄 수 있소?"
"알겠소."

모든 말을 마치고 조조에게로 돌아온 장료가 조조에게 그대로 고하니, 조조가 세 번째를 가장 거슬려 했으나, 결국 결정하였다. 그리하여 하비성 또한 조조의 손안에 들어왔으니, 하북을 모두 점거한 원소와 거의 비슷한 수준의 영토를 갖게 되었다. 조조군은 허도로 돌아가 뷔페를 열었다. 다들 즐거운 분위기 속에서도 관우는 영 기분이 안 좋나 보다. 이에 하후돈이 관우를 끌고 건물 바깥으로 나왔다.

"관우여, 이런 자리에서는 슬퍼도 웃어야 하오. 그것을 모르는 것은 아닐 터…"

"죄송하오. 형님과 멀리 떨어져 있으니 슬퍼서 그런 것이오."

이에 하후돈이 생각했다.

'이런 뼛속까지 유비군인 녀석을 데려오다니, 맹덕의 생각을 알 수 없군.'

어느 날이었다. 조조가 금은보화를 관우에게 헌정하였으나, 관우는 그것을 형수님들에게 모조리 바쳤다. 결국, 이 방법도 실패, 그래서 조조가 마지막으로 필살기를 날렸다. 여포가 타던 적토마를 헌정하였는데 관우가 굉장히 신나지 않는가. 이에 조조가 호탕한 웃음을 날리며 물었다.

"관공이 다른 것들은 거들떠보지도 않고 적토마를 그렇게 좋아하다니, 어찌 된 일이오?"

"이 적토마만 있으면 유비 형님의 거처를 알았을 때 재빨리 갈 수 있지 않겠습니까!"

이건 뭐 병신도 아니고… 의외의 대답에 조조는 얼굴이 창백해졌다. 조조는 속으로 생각했다.

'관우… 나중에 우리 편에서 캐리 안 하면 너 죽여 버린다?'

드디어 중원의 조조, 하북의 원소의 싸움이 시작된다. 조조의 병력은 7만, 원소의 병력은 13만이었다. 원소의 맹장인 안량이 백마로 치고 들어갔다. 이에 여러 조조의 장수가 죽었고, 장료와 서황 또한 중과부적이었다. 계속해서 밀려대니 조조는 근심 걱정이었다. 조조는 같이 따라온 관우에게 저기 있는 안량을 가리키며 말했다.

"관공, 저 새끼좀 죽여줘잉ㅋ"
"ㅇㅋㅇㅋ"
적토마를 탄 관우가 쏜살같이 빠른 속도로 안량에게 달려갔고, 안량은 그런 관우를 보고 소리쳤다.
"관우여! 우리 편에 유비가 있…"
「뎅겅」
관우의 일격필살에 안량이 사망하자 그는 레벨업하였고, 조조군의 사기가 충천 되었다. 원소군은 백마 바깥으로 도망쳤다. 조조군의 승리였다.

· · · · · · · · · · ·

한편 업 회의장, 백마 전장에서 관우를 보았다는 말을 들은 원소는 회의장 한가운데에 유비를 무릎 꿇게 하였다. 원소가 유비를 향해 신나게 독설을 하였다.
"유비 네 이놈! 감히 조조와 내통하여 우리군의 가장 용감한 안량을 죽이다니!"
"전 내통한 적이 없습니다. 제가 만약 내통했다면 하늘의 벌을 받을 것이오!"
"으음… 유비, 그렇다면 문추와 같이 연진으로 가보아라. 거기에서 관우가 나타난다면 관우를 우리 편으로 만드는 것도 시간문제ㅋ 아나 개 똑똑한 듯ㅋㅋㅋ"
이에 유비는 속으로 말했다.
'명가가 멍청한 것도 정도가 있지ㅋㅋ 이제 간미 데리고 슬슬 떠나야겠당ㅋㅋ'
연진의 전투도 백마 전투와 다를 바가 없었다. 문추가 조조의 여러 장수를 베다가 관우에게 1킬당했고, 유비는 저 멀리서 관우의 모습을 보았다. 유비는 다행이라 여겼다.
"오오, 역시 관우였구나!"
유비는 업 회의장에서 원소에게 고했다.
"들자 하니 여남에 반 조조 세력이 존재한다고 합니다. 제가 그쪽으로 가서 원소님과 같이 협공하려고 합니다. 허락하여 주십시오."

"오 ㅋㅋㅋㅋ 유비 님 땡큐! 서둘러 움직이시오!"

....

 관우가 유비의 생사를 안 것은 손건으로부터였다. 손건은 자신이 닌자인마냥 허도의 지붕을 돌아다니다 관우의 저택에 도달하였다. 수염을 빗던 관우가 깜짝 놀라더니 말했다.

"누구냐!?"

"관공, 나요. 손건이오."

"ㅋ… 여기까지 잘 찾아오셨구려. 어쩐 일이오?"

"지금 현재 유비 님은 원소군에 있소. 우선 그리로 가는 것이 좋겠소이다."

 어찌 됐든 유비의 생사를 안 관우는 마지막으로 조조를 뵙기 위해 조조의 저택으로 가는데, 손님을 받지 않는다는 피객패가 걸려, 며칠이 지나도 떠날 수 없었다. 이에 관우는 조조의 저택 앞에서 큰절을 올린 뒤에 모든 채비를 갖추고 마차에 태운 형수님들과 함께 떠났다. 이 사실을 뒤늦게 안 조조는 피객패로 관우를 보내지 않은 것을 후회하며 뒤따라 나갔고, 관우는 뒤따라오는 장료에게 소리쳤다.

"시발 새끼야, 약속을 잊었느냐?"

"관우, 당신을 붙잡으려는 게 아니오!"

"으음?"

 장료의 뒤편에는 조조와 하후돈같은 장수들이 즐비했다. 그런데 놀라운 것은 전부 비무장 상태라는 것이다. 그들 중에서 조조가 튀어나와 말했다.

"관우, 잘 가시오. 내가 하고 싶은 말은 이것밖에 없소이다."

"조승상, 그동안 신세 많이 졌습니다. 그럼 출발하겠소!"

 조조는 스스로 독백했다.

'유비, 그대는 관우를 어찌 쉽게 가져갔는가… 나는 금은보화로 그를 현혹하려 하였으나, 이는 잘못된 생각이었나 보구려.'

관우 일행은 순조롭게 나아가는 듯 하였으나, 하마터면 큰일 날 뻔했다. 지나가는 관문마다 통행증을 달라고 하니 싸움이 날 수밖에 없었다. 결국, 모두 통과하고 마지막 활주관의 진기를 죽인 뒤 배를 얻었을 때 하후돈 또한 도착했다. 그는 관우에게 검을 겨누었다. 그는 이렇게 말하였다.

"관우! 네가 여기까지 오는데 내 휘하 장수가 몇 명이나 죽었는지 아느냐!?"

"안다. 6명. 맞지?"

" … 어쨌든, 난 도저히 참을 수가 없단 말이다. 통행증이 없으면 통행증을 챙기고 다시 갈 길 가든지 해야 할 것 아니냐!?"

"그것은 미안하오. 하지만 우리도 바쁜지라."

"문답 무용!"

둘이서 신나게 싸우던 도중, 사자가 하나 도달했다.

"두 분! 싸움을 멈추시오! 조승상님으로부터 통행증을 보내오셨습니다!"

이에 하후돈이 ㅅㅂㅅㅂ 거리며 말했다.

"그 통행증은 관우가 관문을 통과할 때 주던가?"

"그렇습니다."

"시발ㅋㅋ 맹덕 이 자식…"

관우 일행이 황하를 건너 하북으로 향하던 중, 손건이 삐용하면서 다시 나타났다. 유비 일행이 여남으로 향했다는 보고, 마치 똥개 훈련받은 것 같은 관우 일행은 손건에게 인디언 밥을 날리고 수상택시를 타고 다시 황하를 건너 아랫 지방으로 내려갔다. 여남으로 가던 도중 주창이란 황건적 두목을 만났는데, 그는 배원소와 같이 관우의 휘하에 들어가고 싶어 했다.

하지만 마차 안에 있던 감부인과 미부인은 황건적이란 말에 싫증부터 났다. 하지만 관우는 이 주창이란 장수가 싫지만은 않다. 결국, 중재안으로 황건적들을 제외하고 주창과 배원소만 합격시키기로 하였다. 100점 만점에 100점이다ㅋ 그런데 이걸 어쩌나… 배원소가 사살당한 채로 있었다. 그리고 그 시체 주변에는 창을 들고 있는 한 용사가 있었다. 그는 바로 조운이었다. 관우가 말했다.

"오오, 조운! 여기까지 어떻게 온 것이오?"

"공손찬 군이 멸망한 직후에 헬기 타고 유비 님만을 찾아왔습니다. 헬기가 불시착하는 바람에 여기로 떨어졌는데, 잘된 일이었군요."

이로써 관우 일행은 조운까지 포함해 여남으로 향했다. 유비를 찾기 위해서였는데, 웬 여남성 하나가 나타났다. 그리고 그 여남성으로부터 말을 탄 장수가 하나 나왔다. 바로 장비였다. 관우가 기쁜 마음으로 앞으로 나아가는데, 장비가 갑자기 자신에게 장팔사모를 휘두르는 것이 아닌가? 관우가 물었다,

"아우, 왜 그러는가? 나일세. 관운장일세."

"네 녀석이 조조에게 달라붙었단 사실을 내가 모를 줄 아느냐!?"

"그땐 형수님도 계시고 해서 어쩔 수 없었단 말이오! 형수님들! 절 변호해주십시오!"

이에 감부인이 나서서 말했다.

"장공, 관공은 진실 된 사람이외다. 한 치의 거짓말도 하지 않았소."

그때, 저 멀리서 한 떼의 군마가 몰려왔다. 적어도 유비의 군마는 아닌듯하였다. 이에 장비가 관우에게 시켰다.

"관우야, 저 조조군 떼거지를 전멸시킨다면 믿어주겠노라!"

"어려울 것 없지, 이랴!"

관우 일행에게 다가온 채양이라 하는 조조군 병력은 순삭ㅋ 그제야 장비는 관우를 믿게 되었다. 그리고 유비군과 주창, 간손미마저 합류하니, 유비군은 모두 모인 것이 되었다. 단상에 올라간 유비가 여러 장수와 병사에게 외쳤다.

"우리는 조조를 개발라 버릴 능력이 있다! 바로 관우, 장비, 조운과 같은 명장이 있기 때문이다! 나 또한 존나 멋있고 잘생겨서 조조군에게 열등감을 심어주기에 충분하다! 게다가 하북의 우유부단한 원소가 조조와 대치 중이고, 강동의 손책이 언제 허도로 기

74

습할지 모른다. 병사들이여, 언제 싸울지 모르니 항상 훈련을 철저히 하라!"

그런데 시발스럽게도 관도 대전을 끝마친 조조군이 여남으로 몰려왔다. 여남성에 있었던 유비는 좌절했다.

'아, 시발… 존나 빨리 오네. 카트 스피드전이라도 했나…'

유비는 조운과 함께 요격 나가기로 하고, 관우는 여남성 사수, 장비는 군량미 운송을 담당하기로 했다. 이 정도로 진을 짜면 괜찮겠지 싶었는데, 세 군데 다 털렸다ㅋㅋㅋㅋ 유비가 철수하기로 했을 때, 조조의 목소리가 들렸다.

"유비, 감히 한실을 우롱하다니, 네가 그러고도 군웅이라 할 수 있겠느냐, 귀 큰 당나귀야!"

"닥쳐라! 한실의 역적 주제에! 나는 헌제님의 식구인 유황숙이다! 너나 꺼져라ㅎㅎ"

"으으, 모두들! 저 유비 새끼를 생포하라!"

그러나 마음대로 되지 않았는데, 조운이 이리저리 움직여가며 유비를 보호하였기 때문이다. 허저의 일격도 그대로 받아주는 그의 모습은 가히 대단하였다. 유비와 조운이 포위망을 빠져나왔을 때, 문득 관우, 장비 일행이 어떻게 됐을지 궁금하였다. 그때, 간옹이 유비에게 다가오더니 말했다.

"유비 님, 다른 일행들은 모조리 유표님 쪽을 향해 빠져나갔습니다. 우리도 그쪽으로 가는 게 좋을 듯 하옵니다."

드디어 안심된 유비 일행도 그쪽으로 빠졌다.

. . . .

손책이 수춘마저 확보하자 지상군마저 확충할 수 있게 되었다. 마침 조조와 원소가 대결을 벌이고 있다고 하니 이는 호기라, 자신도 중원으로 진격할 기회를 가진 것이다. 이에 심상치 않음을 느낀 오군 태수 허공은 조조에게 서신을 보냈다.

「쉬벌래미, 조조 님. 자칫하다간 손책으로부터 중원이 공격당할 수 있으니 주의 하십시오」

그런데 이 서신이 손책군에게 접수되었고, 허공은 참살되었다.

그리고 어느 날, 손책군이 사냥을 나왔는데 갑자기 두 사람이 뛰
쳐나오더니 외쳤다.

"허공님을 위해서!"

그러고는 둘 다 독화살을 손책에게 날렸는데, 손책은 둘 다 매트
릭스처럼 피했다. 결국, 둘은 주유의 지시에 따라 생포되었고, 나
중엔 사망 선고받았다. 손책이 웃어대며 말했다.

"후후, 그 정도 활 실력으론 날 죽일 수 없지! 암!"

그리고 이런 일도 있었다. 선인 우길이 등장하여 사람들을 치료
하는 꼴을 못 보겠는 손책이 그에게 싸대기를 날렸다. 이에 백성
들이 한결같이 놀랐으며, 선인 우길은 제대로 일어나지 못했다.
손책이 권했다.

"네가 진짜 선인이라면, 오늘 이 화창한 날씨를 소나기 날씨로
바꿔보아라. 할 수 있겠느냐?"

"해 보이겠습니다."

기우제를 해보라는 소린데, 기우제 실패함ㅋㅋㅋㅋㅋㅋㅋㅋㅋ
결국 선인 우길은 병신 우길이 되었고, 백성들의 질타를 받고 어
디론가 떠났다. 손책은 슬슬 중원으로 진군할 장수들을 모색했
다. 주유, 황개, 정보, 한당, 서성, 정봉, 태사자 외 여러 명이 언
제라도 전투를 할 수 있는 단계로 발전시키려 했다.

....

조조군과 원소군은 관도에서 대전투를 하였다. 발석거와 삼각산
과 같은 과학이 담긴 교전이 끝난 이후에, 허유가 조조의 진영에
도달하였다. 조조는 같은 동문이었던 허유를 반갑게 맞으면서도,
적군의 입장인 그가 단신으로 우리에게 온 것이 궁금했다. 허유
는 온 이유를 밝혔다.

"조조여, 난 이 싸움을 금방 끝낼 수단을 알고 있소."

"허유, 그것이 무엇인가? 알고 싶구먼."

"여기에서 멀지 곳에 오소란 군량미 가득한 장소가 있소. 왜 그
곳을 노리지 않으시오?"

"호오, 이 관도 전투에서 싸워서 이기면, 앞으로 당신을 중요하

게 쓰리다!"

조조는 기마병을 편성하였다. 하후돈, 하후연, 조인, 조홍을 오소로 미리 보냈다. 분명히 치열한 싸움이 예상되었기에 둘로 나눠서 보내는 것이다. 당시 오소는 원소군의 장수 순우경이 지키고 있었다. 그날도 술 먹고 뻗은 채였기에 야습에 제대로 응하지 못했다.

마침, 원소군 본진에서도 오소 쪽에서 불길이 이는 것을 볼 수 있었다. 원소는 장합과 고람을 보냈다. 하후돈이 장합을 보자 쏜살같이 달려들었다. 아무래도 하후돈이 조조군 원탑인지라 장합이 기세에 밀려 30합 싸우다 도망쳤으나 곧 붙잡혔다. 고람마저도 마찬가지였다. 하후연과 조인이 일제히 공격하자 생포되었다. 조조군 진영, 조조는 붙잡혀 온 장합과 고람에게 후한 대접을 하며 말했다.

"나는 그대들의 힘을 빌리고 싶소. 어떻소? 나와 함께 중원을 차지하고 싶지 않소?"

이에 두 사람의 마음이 순식간에 바뀌었다.

"저희를 거두어주십시오!"

"ㅋㅋㅋ 감사하오!"

한편, 관도대전에서 패배한 원소군은 창정에서 조조를 맞기로 하였다. 조조군은 장합과 고람의 지휘에 따라 창정으로 이동하였다. 정욱이 조조에게 말했다.

"조조 님, 이곳은 비록 배수진의 형태이지만 양옆으로 산과 숲이 있어 기습하기 적당한 위치입니다. 이곳으로 적을 끌어들입시다! 이것이 바로 십면매복입니다."

"ㅇㅋㄷㅋ 그렇게 합시다! 허저!"

"예, 승상."

"이번엔 자네 차례일세. 실은…"

・・・・・・・・・・・・

원소도 창정이 중요하다는 사실을 알고 있었다. 창정으로 병력을 모아서 왔는데,

"야이 좆만한 새끼들아! 나는 허저라고 한다! 한 놈씩 덤벼라!"

허저 하나가 말을 이끌고 나와 도발을 하는 것이 아닌가. 이에 빡친 원소가 두 아들에게 명령을 내렸다.

"원담, 원상! 저 배 나온 새끼를 발라버려라!"

"예!"

원담군과 원상군이 박차고 나가 허저를 노렸고, 이에 허저는 강가까지 도망을 쳤다. 허저가 강가에 도달한 순간, 강가의 최후 끝에 서 있던 조조가 외쳤다.

"모두들! 얼른 이 원가를 구워 먹어버리자! 진격!"

그때, 양 숲, 양 산에서 조조의 수많은 병력이 평지로 내려왔다. 양쪽에서 공격을 받으니 원소군이 남아나질 않았다. 그때, 원소가 외쳤다.

"얼른 이곳을 벗어나자! 나를 따르라!"

그래도 혼란에 빠지진 않았던 원소, 그에게는 병사들을 이끌 힘이 있었다. 잔여 병력은 원소를 따라 창정 바깥으로 나왔다. 드디어 포위망을 돌파했다 싶었을 때 뒤를 돌아보니, 100명도 채 되질 않았다. 이에 원소는 현기증으로 쓰러졌다. 완벽한 조조군의 승리이다.

유비군은 조조군의 무서움을 실감하고 유표에게로 갔다. 미축이 유표에게 서신으로 찾아가 잠시 이곳에 머물기를 요청했고, 유표는 유비 일행을 받아들인다면 나중에 어떠한 세력이 쳐들어와도 대신 견딜 수 있겠단 생각을 하여 받아들였다. 이로써 유비군은 신야성으로 들어갔다. 한편, 괴량과 괴월은 이때 여러 가지 생각을 했다. 지금 유표에 계속 남아있는다면 자신들이 얻는 수익이 터무니없기 때문이다.

'우선 유표군은 연봉이 드럽게 적고, 채씨 집안 때문에 눌려 살고, 조조군은 책사들이 억대 연봉 수준이라 개치열하니 여긴 절대 안 될 것 같고ㅋ… 원소군은 책사들이 하나같이 병신인 데다 감옥에 들어가는 것도 감수해야 하고ㅋㅋㅋ 게다가 좀 있으면 조조에게 망할 것 같은 끼가 있으니 여기도 아니야…ㅋㅋ

마등군은 마초랑 BL 찍을 것 같아서 그것도 싫고… 손책군은 더 그럴 것 같아ㅋㅋ 유비군은 한번 들어가면 유비에게 세뇌당할 것 같아서ㅋㅋㅋㅋ 와 이거 고르기가 너무 애매하다. 이대로 유표군에서 썩어야 하는가?! 에라 모르겠다. 그냥 유표군 연봉이나 꾸준히 모으면서 힘들 때마다 안마방이나 가야겠다ㅋㅋㅋㅋㅋ'

형주가 배산임수의 지형이라 당당히 우기는 유표를 두고 유비는 코웃음 쳤다. 게다가 신야성 바로 위에는 번성이라는 조조의 성이 있었다. 언제든지 공격당할 수 있는 지형이었다. 유비의 존잘남 포스가 아니었으면 병사가 모이지도 않았을 것이다. 유비는 조조가 함부로 쳐들어오지 못하게 관우, 장비, 조운에게 실시간으로 병사들을 훈련시켰다. 훈련도가 100이 되도록.

"닥쳐라! 한실의 역적 주제에! 나는 헌제님의 식구인 유황숙이다! 너나 꺼져라ㅎㅎ"

유비는 크리티컬용 대사 연습을 계속해서 반복하였다.

· · · · · · · · · · ·

원소는 죽었다. 업성 회의장 바깥, 업까지 점령시킨 조조군 장수가 회의장으로 들어오고 있는데, 그 바깥에서 허유가 들어오는 장수마다 혼쭐내고 있었다.

"야 이 녀석들아, 이 허유 자원이 없었으면 어쨌을 뻔했느냐!?"

딱 마침내 허저가 입장하려던 참이었다.

"야 이 녀석들아, 이 허유 자…"

허유는 목이 날아가고, 조조는 유감을 표명했으나 단지 그뿐이었다. 그래도 공을 세운 것은 맞으므로 성 바깥에 제사 지내라 하였다. 그때였다.

"보고! 소패왕 손책이 허도를 노리고 있음을 아뢰오!"

조조로써는 큰일이라 할 수 있는 소식이었다. 업성에는 소수의 병력만 남기고, 그 외의 대부분 병력은 허도로 지원을 갔다. 허도에 도착하니 그곳에는 서황이 맹활약을 하고 있었다. 손책이 서황과 겨뤘으나 자신에게 상처를 남겼고, 태사자가 나섰을 때는 뒤로 빠졌다. 마치 따고 배짱이었다. 손책이 이를 갈며 말했다.

"으으, 저 서황이라는 시발놈 하나 때문에 허도성에 접근도 못

하는구나! 어떻게 하면 좋겠느냐?"
 다들 방책이 없어 으므므 하는 가운데, 주유가 나타나 손책에
게 말했다.
"손책, 야간에 땅을 파서 함정까지 유인하는 게 어떻겠나? 지금
은 그런 수밖에 없어 보이오."
"오오, 주유. 그렇게 하세! 서황 넌 뒤졌다ㅎㅎ"

. . . .

 허도성 성곽, 전군의 상태를 점검하던 순욱과 서황이 문득 이상
한 소리를 감지했다. 이에 순욱이 서황에게 말했다.
"서황님. 내일은 출진하지 맙시다. 필시 계략이 있을 것이오."
"알겠습니다, 순욱님."
 순욱의 선견지명은 실로 대단하였다. 손책과 태사자가 말을 타
고 어제처럼 바깥으로 나왔는데, 조조군 쪽에선 단 1기도 나오지
않았다. 이에 주유가 판단하여 손책에게 말했다.
"손책, 싸움을 길게 끌면 좋을 게 없소. 관도에서 전투를 치른 조
조군이 몰려올 것이오!"
"나도 알고 있어! 안 되겠다."
 손책이 허도성 성곽에 위치한 병사들에게 크게 소리쳤다.
"야 이 개새끼들아! 이런 시발놈들! 다 죽여 버리겠다!"
귀테러 당한 조조군 중 다수가 쓰러졌고, 나머지 병사들은 손책
에게 소리쳤다.
"네가 무슨 소패왕이냐! 지랄 쌈 싸 먹어라!"
 순욱은 이런 싸움에 대비해 병사들에게 귀마개 또한 지급하였
다. 이제 더는 소리치며 싸울 수 없게 되었다. 손책과 주유가 의
논하였다.
"주유, 과연 순욱과 서황이로군. 어떻게 했으면 좋겠소?"
"동서남북 총공격 갑시다. 그 전에 심어놨던 함정은 제거해둬야
겠지요."
"좋소."

손책군 진영 쪽에 심어놓았던 함정을 철거하는 것을 본 조조군은 ㅋㅋㅋㅋ 거리며 웃어댔다. 그리고 함정이 제거된 후, 손책군 측에서 전군 총공격이 감행되었는데, 그 모습은 가히 대단하였다. 손책이 아무래도 무예가 출중한 터라 군웅이 싸우는 모습을 보는 장병들이 사기가 올라가며 뒤따라갔다. 한편, 성곽 위에서 사다리 타고 올라오는 병사들을 커트해주는 서황이 성곽에 올라온 손책과 마주쳤다. 서황이 외쳤다.

"병신아, 군웅이 이렇게 앞장서는 게 어딨냐? 이거 원 디지털 세대일세."

"아날로그 색기야, 다시 승부다. 내 고정도의 힘을 받아라! 간다!"

손책과 서황은 50합이 되어도 승부가 나지 않았다. 하지만 힘이 부침을 느낀 서황이 뒤로 내빼다 도망쳤다.

"아까 그 기세는 어디 갔느냐, 서황!"

그런데 그때였다. 조조의 깃발을 든 병사들이 허도 각지에서 밀려 들어왔다. 조조가 원소와 싸운 뒤에 신속히 허도로 왔겠구나 싶어 손책이 명령을 내렸다.

"전군! 수춘성으로 퇴각하라!"

그런데 그 호랑이 같은 목소리가 얼마나 강한지, 귀마개 안 낀 조조군이 상당수 쓰러졌다. 손책은 성곽을 뛰어넘어 착지하고선 100m 달리기 속도로 수춘성으로 이동하였다.

"아오 시발⋯ 내가 조조군을 너무 약하게 봤구나⋯"

수춘성으로 돌아온 병사는 8천, 많다고 보면 많겠고 적다고 보면 적겠다. 정보가 손책에게 말했다.

"손책님, 아직 기회는 남아있습니다. 형주에 있는 유비도 조조를 견제하고 있는 데다 원소군도 아직 망하지는 않았습니다. 게다가 서량의 마등도 심심할 때마다 조조의 코를 후벼 파니 1:4 국면을 맞이하고 있습니다. 걱정 마십시오."

"정보, 당신의 말이 옳소. 좀 더 기회를 보는 것이 좋을 것 같소이다."

. . . .

 형주의 유표는 유비를 자주 양양성으로 불러 잔치를 벌였다. 아무래도 유비가 마음에 들어서 인듯하다. 남자도 반하는 존잘남이기도 하니 말이다.
"부르셨습니까, 유표 님."
"오오오! 유비님! 잘 오셨습니다."
 둘이서 술을 마시고 있는데,
" ...... "
 유표가 어느 순간부터 말을 못 하고 있었다. 이에 유비가 앉은 채로 사방을 돌아보았다. 그때 어떤 여인이 포착되었다. 그 여자는 얼른 내뺐다.
"저 여자는 누구입니까? 좀 못생겼습니다만ㅋㅋㅋㅋㅋㅋ"
"아아, 채씨 부인이오. 유종을 낳고 기른 장본인이오. 첫째 유기는 진 씨의 아들이외다."
"왠지 둘이서 뭔가 내막이 있을 것 같은데, 맞죠?"
"ㅇㅇ"
"사람 말은 사람이 듣는다 했습니다. 앞으로는 정원 같은 곳에서 얘기합시다."
"어허, 그런 말이 있었습니까? 하여튼 말이 맞으면 되는 법."
"정원으로 이동하시죠."

. . . .

 이때, 채 씨는 채모의 저택에 찾아갔다. 채모가 누워서 낮잠을 쳐 자고 있는데, 채씨가 와서 그를 깨웠다.
"아니, 왜 깨우시오? 신경질 나게."
"유표님과 유비가 우리 유종 대신 유기를 내세우려 할 기세요. 그런데도 이렇게 얌전히 있을 거요?!"
"뭣이라!? 아니 이노무자슥이…!"
"어떡하죠?"

"음, 나중에 잔치를 열어서 저 유비란 녀석을 제거합시다. ㅇ
ㅋ?"

"ㅇㅋㅇㅋ 유비 제거 잔치라ㅋㅋㅋㅋㅋㅋㅋㅋㅋㅋㅋㅋ"

· · · · · · · · · · ·

 원담군과 원상군은 조조군에게 계속해서 밀려 결국 요동 지방까
지 밀려났다. 이제 끝장낼 일만 남았는데, 이때 곽가의 몸 상태가
좋지 않았다. 조조가 얼른 중원으로 가서 쉬라고 했건만 극구 만
류하였다. 곽가가 진언했다.

"지금 우리 조조군은 요동 지방까지 갈 필요가 없습니다. 여기서
대기하기만 해도 알아서 제거당할 것입니다."

 이 조언에는 상당히 많은 반발이 있었다. 하지만 이럴 수가, 요
동의 공손강이 알아서 그 둘을 제거하였다. 이는 조조에게 충성
의 뜻을 바치는 것이었다. 그리고 또 다른 것은 곽가의 요절이었
다. 곽가의 시신은 허도에 운송되었고, 조조가 눈물을 보이며 여
러 장수에게 말했다.

"나이가 같은 장수들은 서로 한통속이었으나 곽가는 다른 이들
에 비해 어렸기에 그러질 못했소. 그러한 그를 잃어버리니 참으
로 안타깝구려!"

 이제 하북은 조조에 의해 모두 점거되었다. 이제 조조에게 있어
선 남방정벌뿐이다! 유비, 손책, 유표, 유장, 장로, 마등, 전부 쟁
쟁한 군웅들뿐이다. 과연 조조를 막을 수 있는 자는 누가 될 것인
가!? 그것은 아무도 모르는 일이다. 모르는 일이다. 모르는 일이
다…

제 8 장
형주 혈전

신야성 회의장, 양양성으로부터 한 서신이 도착했다. 뷔페를 열 테니 유비 님만 오라는 내용, 유비는 의문이 들었다. 유비가 신하 들에게 이 내용을 전달했다.

"지금 나에게 이런 내용을 보내는 것은 유표 님과 유기 님의 반 대 세력인 채씨가 날 죽일 셈인 것이겠지? 어차피 유표님은 안 나올 테고. 얘네들 지력 형편 없네ㅎㅎ"

그때, 조운이 회의장 전체 인원에게 외쳤다.

"이왕 뷔페에 가는 거 모두 다 같이 가서 발라버립시다! 그리고 유기 님을 형주의 주인으로 만드는 겁니다."

조운의 대담함에 유비에게 미소가 나타났다. 유비는 조운의 의 견에 따르기로 했다. 이로써 유비, 관우, 장비, 조운, 관평(관정 의 아들, 관우의 양자)이 양양성으로 이동했는데, 그 위엄이 대단 했다. 성문에서 나온 채모는 내심 기겁했다. 유비에 조운 정도만 올 줄 알았던 그였으나, 관우와 장비, 그리고 관우의 양자 관평까 지 양양성으로 나왔으니, 원래 계획했던 일을 취소해야 하나 하 며 식은땀을 흘렸다. 왕의 자리에 앉아있는 유비가 소리쳤다.

"모두, 형주의 번영을 위하여!"

"위하여!"

이러는 순간에도 관평과 조운은 유비의 곁에서 대기하고 있었 고, 관우와 장비는 회의장을 돌아다니며 도부수들을 하나씩 잡아 내고 있었다. 채모는 자신의 병력들이 더 잡히기 전에 뷔페를 그 만두기로 했고, 유비 일행을 얼른 인사하고 보냈다. 유비 일행이 만만치 않음을 깨달은 채모는 또 다른 작전을 준비하기로 했다. 그것은 바로 유표와 유비가 정원에 같이 있을 때 암살하는 작전 이었다. 참으로 생각하는 게 한결 같이 병신같다. ㅋㅋㅋ

신야성, 유비 일행이 천천히 걸어 다니며 백성들을 돕고 있었는데, 저 멀리서 누군가가 트로트를 한 곡씩 부르고 있었다. 유비가 다가가서 물었다.

"실례지만, 8090 트로트 같사온데, 그 트로트 실력은 어디서 배우셨습니까?"

"어릴 때부터 독학했습니다. 실례지만, 신야성을 지배하시는 유현덕 님 맞으십니까?"

"그렇소만."

"제 이름은 서서, 여러 전략이나 전술을 꿰뚫고 있는 몸입니다. 괜찮으시다면 저를 책사로 기용해 주실 수 있습니까?"

"오오! 이 유비, 선생님을 범상치 않게 보았습니다. 저희 진영으로 들어오신다면 오히려 환영입니다."

사실 유비 진영에는 그동안 책사라고 할 수 있는 장수가 없었다. 이제야 책사를 손에 넣었으니, 조조를 상대로 좀 더 파워풀하게 맞설 수 있는 것이다. 게다가 대통령 선거에서도 서서가 되었으니 관우도 더 이상 서서에게 깝칠 수가 없게 되었다. 원소 세력이 망한 직후 번성에 있던 조인, 이전은 유비군이 위치한 신야성으로 향한다. 그런데 신야성 바깥까지 도달한 조인군의 움직임이 심상치 않다. 이에 유비가 서서에게 묻는다.

"서서, 저게 뭐냐? 쟤네 학교 행사하냐? ㅋㅋㅋㅋ"

"저건 팔문금쇄진이란 진입니다. 뚫어뻥만 잘 쓰면 쉽게 뚫립니다."

"그래. 서서, 너만 믿는다ㅋㅋㅋ"

"조운!"

"네!"

"구시렁구시렁…"

"알겠습니다."

조운이 서서가 시킨 대로 문을 돌파하니 문이 순식간에 망가졌다. 이것은 호기다. 서서가 일제히 공격을 명했고, 유비군은 빗자루 전법으로 조인군을 싸그리 청소했다. 물론 번성까지…ㅋ!

. . . .

허도 회의장, 패배하고 조조에게 돌아온 조인과 이전은 무릎 꿇었고, 조인이 말했다.

"조조님, 저희에게 벌을 내려주십시오."

이에 조조가 말했다.

"얼른 물럿거라."

"성은이 망극하옵니다."

이때 회의장에 서서 이 광경을 지켜보고 있던 하후돈이 앞으로 나와 조조에게 말했다.

"맹덕, 나에게 기회를 주게나. 내가 유비군을 싹 쓸어버리겠네."

"음, 하후돈. 최근 우리 조조군이 재미가 없다는 평을 많이 듣고 있네. 이 정도만 말해도 잘 알겠지?"

"알겠네. 맡겨주시게."

이때, 억대 연봉의 선두주자 정욱이 조조에게 말했다.

"조조님, 최근 유비에게 책사가 하나 붙었다 합니다."

"헐ㅋㅋㅋㅋㄹㅇ? 그게 누구임?"

"서서입니다. 마침 노모도 여기 허도에 있으니 노모를 이용해 꾀어냅시다."

"어떻게 꾀어낸단 말이오? 방법이 있소?"

"제게 맡겨만 주십시오!"

 정욱은 허도에 주둔하고 있던 노모를 저택으로 불러들여 극진히 대했다. 평소에 서서와 노모 둘이서 편지를 주고받던 것을 알고 있었던 정욱은 노모의 글씨체를 파악한 뒤, 서서에게 가짜 편지를 보냈다. 신야성 회의장, 잔말 말고 조조에게 오라는 말을 들은 서서는 유비에게 실례의 뜻을 전했다.

" … 이러한 까닭에 하야할까 합니다. 큰 도움이 되지 못하고 물러나 송구스러우나…"

이에 유비는 그의 어깨를 툭툭 치며 말했다.

"괜찮소이다. 나중에 인연이 되면 그때 다시 봅시다."

"죄송합니다… ㅂㅂ"

"ㅂㅂ"

 유비, 관우, 장비 셋은 성문 바깥 숲길까지 마중 나가 보냈는데,

보냈던 이가 다시 돌아왔다.

"으아아아아아아아랏차! 유비 님!"

"무슨 일이오, 서서?"

"말씀드릴 게 있습니다. 여기서 융중이란 곳에 한 명의 책사가 은거하고 있습니다. 이름은 제갈량, 자는 공명. 그 누구도 그의 용병술을 꺾을 자가 없습니다. 계속 방문하셔서 꼭 유비군으로 편입시키시길 바랍니다. 그럼 가보겠습니다. ㅂㅂ"

"ㅂㅂ"

서서를 보낸 뒤, 유비, 관우, 장비는 그날 즉시 융중으로 가보았다.

‥‥‥‥‥‥

서서는 신나는 마음으로 허도 저택으로 들어갔다. 그곳에는 서서의 어머니가 있었는데, 어머니가 서서를 보자마자 기겁하며 말했다.

"네 이놈 원직아, 왜 여기로 왔느냐!?"

"예? 하지만 서신에는 어머니와 똑같은 필체여서…"

"그래? 한번 보여주거라."

서서는 자기가 받았던 서신을 어머니에게 보여 주었다.

"오잉? 진짜네ㅎㅎ 혼낸 것은 미안하구나. 네가 유비군에 종사하는 것은 잘 알고 있다. 얼른 신야성으로 돌아가거라."

"알겠습니다."

서서가 저택 바깥으로 나오는데, 정욱과 조홍이 저택을 모조리 포위하고 있었다. 조홍이 서서를 향해 외쳤다.

"서서! 조조군에 편입되지 않으면 넌 죽은 목숨이다! 어찌할 것이냐?"

이에 서서도 맞받아쳤다.

"그딴 룰이 어딨냐? 참으로 애석하구나!"

"자, 노모를 포획하라!"

조홍군의 절반이 서서를 지나 저택으로 들어갔고, 노모를 사정없이 끌고 나왔다. 노모는 끝까지 서서에게 힘을 실어 주었다.

"원직아! 나는 걱정 말고 네 갈 길을 가라!"

"알겠습니다!"

 서서는 노모의 말에 따라 어찌해야 할지 결정하였다. 유비, 그 자가 바로 나의 군주, 서서는 스릴러물을 찍으며 신야성으로 갔다.

············

 유비 일행의 세 번째 융중 방문 때에는 제갈량이 있었지만 자고 있었다. 장비가 성내며 노이즈를 크게 냈다.

"으아아아아아아! 누구냐!"

 이에 장비도 맞받아쳤다.

"누구긴 누구냐! 내가 바로 연인 장비다!"

 유비가 이 두 사람을 중재한 뒤, 유비와 제갈량 둘이서 초가에 들어가 앉았다. 유비가 현재 중국 전토가 돌아가는 상황과 더불어 제갈량이 필요하다는 것.

"하여튼 이러저러해서 저는 선생님이 절실히 필요합니다. 어떻게 안 되겠습니까?"

"저도 대강은 잘 알고 있습니다. 유비 님이 저를 필요로 한다는 것 또한 알고 있고요."

"어떻게 알고 계셨습니까?"

"감입니다."

" ...... "

"지금 현재 하북을 확보한 조조와 강동을 지배하는 손책, 그 외 유표, 유장과 마등, 장로. 여기에서 유표, 유장과 마등, 장로는 오래가질 못 할 것입니다. 유비 님이 유표님의 영토, 형주만 차지할 수 있다면, 천하삼분지계가 되는 것도 어렵지 않을 것입니다."

"아니, 유장이란 세력도 있잖…"

"그들은 우리의 적수가 못 됩니다."

"제갈량 선생님은 언제 이런 지도를 그리셨습니까?"

"그건… 저 또한 정계에 진출하고 싶었기 때문입니다. 전 제 스스로 관중과 악의에 비유하거든요."

"한동안 재야에 존재하신 분답지 않게 야망은 대단하시군요."
"저도 그 소리 많이 듣습니다."
"ㅋ"
"ㅋㅋ"
"ㅋㅋㅋ"
"신 제갈량, 유비 님의 휘하에 넣어주시길 바랍니다. 그렇게 해주신다면 깜짝 놀랄만한 일들이 일어날 것입니다."
"좋소! 제갈량이여!"

············

 신야 회의장, 유비 일행과 제갈량이 회의장으로 돌아오자마자 사자가 당도했다.
"전갈! 조조군이 번성을 거쳐 우리 신야성으로 쳐들어오고 있습니다! 총대장은 하후돈, 그 외 이전과 우금이 있습니다."
"오오, 사자여. 이제 레벨업 좀 했나 보네? 장수들 이름도 알려주고 ㅎㅎ"
"칭찬 감사드립니다. ㅋㅋ"
"근데 병력 숫자는 안 알려주니?"
"크, 크흠… 좀 더 업데이트해서 다음엔 기필코 완벽하게 알려드리겠습니다."
 하여튼 큰일인 것만은 사실이다. 먼저 유비가 제갈량에게 물었다.
"제갈량, 이를 어찌하면 좋겠소?"
 제갈량은 다른 유비 일행보다 계급이 낮았으나, 유비의 지시로 인해 모두 제갈량을 따르라 하였다. 이에 불만스러워 하는 쪽은 관우와 장비였다. 특히 관우는 머리까지 좋은 터라 그럴 만도 했다. 하여튼 간손미를 제외한 관우, 장비, 관평, 유봉(유비의 양자), 주창은 제갈량의 지시를 따르기로 했다. 제갈량이 말했다.
"아마도 박망파에서 전투를 하게 될 것이다. 관우, 관평, 주창은 왼편 숲속에, 장비, 유봉은 오른편 숲속에 속하고 불화살을 날릴 채비를 해라. 그리고 주공께서는 조운과 함께 전진하여 조조군과 싸운 뒤에 내빼는 식으로 유인해주십시오. 이상입니다."

"뭐야, 이거. 쉬운데?ㅋ"

순간 유비가 코웃음을 쳤다. 유비가 각 회의장 장수들에게 명령을 내렸다.

"모두 제갈량의 지시대로 해라. 제갈량이 길고 난지는 이번 싸움에서 알 수 있겠지. 알겠느냐?"

"ㅇㅋㄷㅋ"

나머지 장수의 병사들은 이미 배치 장소에서 기다리고 있었고, 유비군과 조운군은 서둘러 박망파로 향했다. 유비와 조운이 박망파 끄트머리까지 도달하니 저 멀리서 하후돈의 군사가 많은 숫자로 진격해오고 있었다. 하후돈이 소리쳤다. 이번엔 병사들과 같이 맞춰서…

"임금님 귀는!?"

"당나귀 귀!"

"임금님 귀는!?"

"당나귀 귀!?"

이 말에 유비가 빡쳤으나, 조운이 적극적으로 말렸다. 하후돈군이 파죽지세와 같이 유비군에게 달려들었다. 유비군과 조운군이 어느 정도 싸우더니 갑자기 내빼는 것이 아닌가, 하후돈은 자기 용맹에 밀려서 도망치는 것으로 생각하고는,

"진격!"

하며 숲속 사이로 돌격해 들어갔다. 그런데 이번에도 다시 유비군과 조운군이 나타났다. 이쯤 되면 알아차려야 하는데ㅋㅋㅋ 그러게 어릴 때 공부를 열심히 했어야지ㅋㅋㅋ

· · · · · · · · · · ·

반면, 하후돈군 후미를 지키고 있던 이전이 지형이 심상치 않음을 깨닫고 선미 쪽으로 하루하비 속행했다. 이전은 가던 도중에 우금과 만났다. 우금이 말했다.

"이전, 뭐가 그리 급하시오?"

"지금 이 지형을 보시오. 화공을 날리면 우린 저세상이오!"

"헐ㅋㅋㅋ 그런 게 있었어ㅋㅋ 우리가 개유리한줄ㅋㅋㅋ 내가 하후돈님에게 가서 알려드리겠소!"

"감사하오. 나는 남은 병사들만이라도 후퇴시키겠소."

"ㄱㅅㄱㅅ 이전님에게 맡기겠소."

한편, 하후돈은 박망파 깊숙이 들어와 있는 상태였다. 제갈량이 호루라기를 불었다. 제갈량의 호루라기 소리를 들은 이들은 마찬가지로 호루라기를 불렀고, 단체로 불화살을 날렸다. 왜 이런 가벼운 병법을 몰랐을까, 하후돈이 절망했다.

"하후돈님! 하후돈님!"

이때, 우금이 하후돈에게 찾아왔다. 하후돈은 우금의 힘을 빌려 같이 박망파를 돌파하여 빠져나가기로 했다. 그런데 놀랍게도 왼편에는 관우 일행이, 오른편에는 장비 일행이 일제히 공격해오니 정말 많은 병사가 죽었다. 관우가 하후돈에게 일격필살을 날리려 들었지만, 실패로 돌아갔다.

· · · · · · · · · · ·

허도 회의장, 하후돈과 우금, 이전은 스스로 수갑을 차고 들어왔고, 무릎 앉아 조조에게 죄를 물었다.

"맹덕, 미안하네. 가벼운 병법 하나 알지 못했기에 당했으니 내 실책이오."

"음, 하후돈. 내가 자네를 너무 과대평가한 게 아닌가 싶군. 우선 저자들의 수갑을 풀어라!"

이에 병사들이 등장해 세 무장의 수갑을 풀었고, 조조가 계속해서 말했다.

"난 유비군이 이렇게 강하다고 생각하지 않는다. 서서가 도망가긴 했지만, 아직 시간상 유비에게 도달하진 못했을 터, 필시 유비군 측에 뭔가 변화가 있을 것으로 생각한다. 내 생각이 이상한가?"

그때, 역대 연봉 선두주자 순욱이 말했다.

"제가 첩자를 풀어서 조사한 결과, 제갈량, 자는 공명이라는 인재를 얻었다고 합니다. 그의 계략은 가히 역대 최고라 할 수 있으며, 와룡과 봉추 중에 와룡에 해당한다고 합니다."
"와룡과 봉추…? 그게 뭐임?"
"그냥 존나 짱인 존재라고만 알고 계시면 됩니다."
"흐음… 와룡은 유비에게 넘어갔으니… 슬슬 준비해야겠구나. 남방정벌을…!"

. . . .

한편, 유기의 저택, 유기가 제갈량에게 도움을 요청했다. 그래서 제갈량은 강하 태수가 되어 군사력을 모으라고 진언한 뒤에 신야로 돌아왔다. 그런데 참으로 큰일 날 일이 생겼다. 조조의 대부분의 군사가 형주를 향해 내려오고 있기 때문이다. 그리고 또 하나 더, 유표가 사망하였고, 유종이 왕위에 올랐다는 것이다. 신야성 유비군 회의장, 제갈량이 유비에게 진언했고, 유비가 심각히 놀랐다.
"신야성을 버리고 서둘러 양양과 강릉을 빼앗읍시다. 지금으로써는 그게 답입니다."
"제갈량, 그곳은 유표님이 통치했던 장소인데, 결코 빼앗을 수 없소."
"지금은 진씨 집안도 아니고 채씨 집안입니다. 형주는 이미 적이란 소립니다."
"형주를 뺏지 않고 할 수 있는 수단은 없는 것이오?"
"흐음… 강하의 유기에게 가는 게 차선책이군요."
"모두들, 들었느냐?! 강하로 출발할 준비를 하자!"
신야에서 강하까지는 강물을 건너기도 해야 하므로, 제갈량은 관우를 시켜 신야 주변의 민간인 배를 타고 강하로 출발하였다. 이제 나머지 유비군만 강하로 가면 되는데, 신야의 백성들이 모조리 유비와 함께하길 바랐다. 유비는 당연히 승낙하였다. 이에 제갈량이 어이없어하며 말했다.
"주공, 이러시면 안 됩니다…"
"이들은 나와 함께할 사람들이오. 말리지 말아주시오. 전군, 전진!"

강하까지 도달하는 데에는 한참 남았는데, 조조의 기마부대가 이들을 덮쳤다. 간손미는 감부인과 미부인을 모범택시에 태워 보내고는 뒤따라가고 있었다. 조운이 후미를 담당하고 조조군과 싸워가면서 형수님들을 찾고 있었는데, 전방에 미축과 미방이 있었다. 그들은 형수님을 모범택시에 태워 보냈다고는 하는데, 영 안심되지 않았다.

조운이 말을 박차고 전진하니, 이럴 수가… 북쪽으로 가는 모범택시 한 대가 있었다. 조운이 다가가 문을 열어보니 택시기사 하나와 감부인, 미부인, 아두 넷이 있었다. 감부인과 미부인은 조운을 알아보았다.

「퓨욱」

"아악!"

그때, 조운 근처에서 누군가가 단도로 맞는 소리가 들렸다. 이에 미부인이 쓰러졌고, 범인은 바로 모범택시기사였다.

"내가 바로 하후은이다! 덤벼라!"

조운은 심히 빡쳤기에 일기토를 신청하였고, 하후은도 자리에서 나와 청공검을 꺼내 대결하려 하였다. 그들은 50합 넘게 대결을 펼쳤고, 힘이 부치기 시작한 하후은이 도망가자, 조운이 말을 박차고 달려 제압하였다. 조운이 보통 검이 아닌 듯한 청공검을 회수하고 돌아와 미부인을 부축하였다.

"조, 조… 조운. 난 아무…래도, 안되겠…습니다."

"아닙니다. 도망칠 수 있습니다! 치료받을 수 있습니다! 형수님!"

"얼른…"

미부인이 죽었다. 조운은 감부인 만이라도 무사히 구출시켜야겠다는 다짐을 하였다. 감부인을 안장에 태우고 자신을 안고 있으라고 지시한 뒤, 아두는 안은 채로 장판파 아랫 지방까지 삼국무쌍을 펼쳤다. 이를 멀리 높이서 지켜보던 조조가 있었다.

"음, 저 자가 누구인가?"

이에 가후가 답했다.

"저 자는 상산의 조운 자룡이라 합니다. 창술에 능한 장수입니다."

"조운이라! 반드시 내 수하에 두고 싶구나! 전군! 조운은 죽이지 말고 포박하라! 다시 한번 말한다. 조운은 죽이지 말고 포박하라!"

이러니 조운을 때리고 싶어도 때리지 못하고, 조운은 마구잡이로 여러 장수를 베어나가며 장판파 다리까지 도달했다. 그곳에는 장비가 서 있었다.

"여어, 조운! 여기서부터는 나에게 맡겨만 달라고!"

"부탁합니다, 장비 님!"

조조의 군사들이 장판파 다리까지 도달하였는데, 장신의 장수, 장비가 우두커니 서 있었다. 장비는 사자후 준비를 한 뒤에 일시에 내뱉었다.

"야이 개같은 색기들아! 연인 장비가 여기 있다!"

이때 내뱉은 목소리가 얼마나 우렁찼는지, 조조의 장수 하후걸이 고막이 뚫려 사망하였다. 마침 조조와 하후돈 일행도 다리 앞까지 도달했다. 하후돈이 조조에게 장비를 보며 말했다.

"맹덕, 저번 실수를 용서할 기회를 주게. 내 언월도로 저 장비란 녀석을 꺾는 것 쯤은 아무것도 아닐걸세."

"음, 좋소. 하후돈, 해보게나!"

하후돈이 말을 타고 박차 나갔다. 장비 또한 마찬가지. 그 둘은 100합도 넘게 대결하였으나 승부가 가려지지 않았다. 그럼에도, 장비를 상대로 100합을 채운 것은 박수 감이었다.

제 9 장
적벽 대전

하후돈이 장비와 맞서 싸우며 선전하는 듯싶었으나, 그래도 장비는 누구도 다리를 넘어가지 못하도록 버텨냈다. 게다가 다리 건너편에 숲속에는 연기가 피어오르고 있었다. 조조가 말했다.

"음! 필시 저 숲속에는 유비군이 있을 것이다. 일시 후퇴하라!"

조조군이 장비 한 명 때문에 뒤로 빠지자 장비는 다리에 불을 지르고 도망쳤다. 그제야 장비가 훼이크다 병신들아! ㅋ 인 걸 깨달은 조조는 다리 보수를 명하고 다시 강하를 향해 움직였다. 한편, 조운은 유비가 기다리고 있는 선착장까지 도달하였다. 유비가 감부인의 무사함을 알고 기뻐하였고, 아두 또한 아무런 상처가 없어 다행스러웠지만, 미부인이 없다는 것이 마음에 걸렸다. 그 때문에 유비는 조운에게 미부인의 존재를 물었다.

"하후은이란 씹새끼가 모범택시로 형수님들 모시고 북쪽으로 가려던 것을 제가 막았으나, 결국 미부인이 하후은의 청공검에 찔려 사망하였습니다."

"몸에 상처도 많이 나 있구려. 조운, 아프지 않소?"

"저의 몸은 강철입니다. 걱정 마십시오. 오히려 걱정해야 할 것은 아두입니다."

"아니, 난 이런 아기는 필요 없소!"

유비가 아두를 내팽개침으로써, 머리 헤드 샷 날렸다. 이에 조운은 얼른 아두를 일으켰다. 마침 장비가 선착장에 도착했고, 유기군 배도 도착했다. 많진 않지만 적지도 않은 백성들을 태우고 얼른 강하로 떠났다.

강하성 회의장, 제갈량이 주도하며 여러 전략을 짜고, 자신은 슬슬 오나라로 떠날 채비를 하고 있는데, 이때 아주 반가운 손님이 찾아왔다. 바로 서서였다. 그는 정욱의 계략으로 인해 노모를 잃고, 간신히 말을 구해 강하까지 올 수 있었다는 것이다. 서서는 유비군 훈련을 담당하고, 제갈량과 조운은 오나라로 향해 배를 타고 떠났다. 오나라로 가는 이유는 오나라의 힘을 빌려서 조조군을 박살내기 위해서이다. 조운은 배에서 내리자마자 정박시키고 대기하기로 하고 제갈량은 오나라 세력으로 향했다.

· · · · · · · · · · ·

건업성, 회의장. 아직 주유가 회의장에 들어서기 전에, 오나라의 책사들이 제갈량에게 따지고 들었다. 먼저 장소부터이다.

"제갈량 당신 미쳤소이까, 조조는 그 강성하던 원소도 격파하여 이미 천하 통일의 기반을 마련하였고 책사들 또한 영리하기로 유명하오. 게다가 조조군은 항복한 조조군까지 포함해 그 숫자는 이미 백만을 넘어섰소, 공명 선생은 어찌 동오를 전쟁터로 내몰려고 하는 것이오?"

"허허허, 계속 듣자 하니 내 귀가 헐겠구려. 강동의 이장 중 한 사람인 당신이 이런 겁쟁이 같은 소리를 하니 동오가 지금 이 모양 이 꼴이 된 게 아니겠소."

"으음…"

"당신은 조조군이 백만이라는 유언비어를 곧이곧대로 받아들이고 서둘러 항복하자고 조르기만 할 뿐, 제대로 된 전력 비교 자체를 하지 않고 있소, 이런 겁만 많은 선비 같으니라고!"

"어허, 인제 그만 채찍질하시게나. 난 이미 절벽 아래로 떨어진 지 오래요. 당신의 승리외다."

이번엔 우번의 차례다.

"그렇다면 공명 선생은 조조군의 정확한 병력 수를 아신다는 것이오? 선생의 의견을 들어보고 싶소."

"백만이겠지, 뭐."

"으윽… 내가 졌소이다."

이번엔 보질의 차례다.

"그렇다면 공명 선생께선 백만의 조조군을 상대로 우리 동오의 군사가 이길 수 있다는 말씀이시오?"

"으음…"

" ……?"

"내가 졌소이다. 마땅히 할 말이 떠오르지 않는구려."

동오의 모사들은 제갈량의 발언을 듣고 절망에 빠졌다. 그런데 문득 시끄럽게 난리를 치는 선비 하나가 있었으니, 그는 보질 뒤에서 설전할 차례를 기다리고 있었던 설종이었다.

"이… 이보게 공명 선생! 나와도 설전을 해주시오!"

"난 이미 내 주장을 철회했소이다. 더 말싸움이 필요하오리까."

"난 연의에서 이 장면밖에 더 안 나온단 말이오! 그러니 한 번만! 한 번만!"

그때였다.

"닥치시오!"

황개가 입장하며 큰소리치기 시작했다.

"모두 조용! 제갈량 님. 주유 님이 뵙고자 합니다. 따라와 주십시오."

"알겠습니다."

제갈량은 속으로 중얼중얼 댔다.

'시팔노무… 천하의 관중, 악의인 내가 보질 따위한테 밀릴 줄은… 이 소식 주유가 알면 개쳐웃겠지?'

· · · · · · · · · · ·

한편, 건업성 주유의 저택. 그런데 이럴 수가, 사자가 일찍 도달해서 주유에게 그 소식을 그대로 전달했다.

"ㅋㅋㅋㅋ 보질 따위한테 설전에서 졌얼ㅋㅋㅋ얼ㅋㅋㅋ"

이윽고 제갈량이 저택 안으로 들어왔다. 주유는 제갈량과 악수하는 순간에 그만 빵 터졌다.

"ㅋㅋㅋㅋㅋㅋㅋ!"

'아 시발 역시 전달됐구나!'

"왜 웃으시는지…?"

제갈량은 태연하게 모르는 척 주유에게 물었고, 주유가 답했다.

"아니, 그거 있잖소. 보질보질."

" ? "

"보질보질ㅋㅋㅋㅋ"

"개빡치는데 현피나 뜰까…"

제갈량은 부채 하나, 주유는 없ㅋ엉ㅋ 제갈량은 우선 주유의 의견을 물어보았다.

"난 용서할 수가 없소! 감히 손책과 나의 아내인 대교와 소교를 자기 것으로 만들겠다는 조조의 뇌를 갈라버리고 싶소!"

"주유님. 지금 책사들의 진정한 마음이 어떻소?"

"책사들은 항복을 주장하나 내심 싸우길 원할 것이오."

"제가 그들의 마음을 떠봤더니 대부분 항복이 먼저였소. 내가 거짓말하는 것 같소?"

"크흠… 그 정도였습니까. 어쨌든 알려주셔서 감사합니다."

"ㅇㅋㅇㅋ 파티 맺을까요?"

"콜!"

그때 즈음 노숙이 안으로 들어왔다. 주유가 통성명을 유도했다.

"제갈량, 이 사람은 노숙으로 자는 자경일세. 인사하게."

"유비군 소속 군사 제갈량이라 합니다. 만나서 반갑습니다."

"아아, 반갑습니다. 슬슬 회의할 시간입니다. 서둘러주십시오."

군주 손책은 서주 방면으로 계속해서 진군 중이라 적벽에서의 싸움은 불가능했다. 즉, 건업성과 시상성의 병력에 플러스 유비군이 되어야 한다는 것이다. 유비군은 수군 싸움에 끼어들기 위해 다량의 배 건조를 서둘렀다.

건업성, 회의장. 회의장에 주유가 제일 높은 자리에 앉고, 양옆으로 노숙과 제갈량이 있었다. 주유가 큰소리를 치며 다짐했다.

"지금부터 항복하잔 소리 한 번만이라도 나오면 그 새끼를 족쳐버리겠다! 알겠느냐!"

그때였다. 채화와 채중이 항복하려고 강가를 건너왔다. 하지만 주유는 딱 감이 왔다. 우선 고이 잘 모셔두고ㅋ 다음날 주유의 친구 장간이 놀러 왔는데,

'이 녀석ㅋ 놀러 오는 타이밍이 기가 막히는구나. 놀려주기 딱 좋겠어.'

다음날, 시상성 회의장에서 잔치를 열었는데, 현기증이 난다며

주유 혼자 자신의 저택 침상으로 가서 코를 골며 자고 있었다. 그런데 이때, 장간이 천천히 들어와 책상을 뒤지고 있었는데, 서신 하나가 있었다. 바로 채모와 장윤이 주유에게 보내는 편지였다. 아직은 전쟁할 때가 아니란 내용이 담겨 있었다.

'이번 슈벌! 그래도 내 공적은 쌓았으니 다행이다. 얼른 배 타고 조조 님한테 도망쳐야지 ㅎㅎ'

적벽, 조조의 진영. 부리나케 달려온 장간이 조조에게 한 서신을 전달했는데, 이에 조조가 개빡쳤다. 지금 수군 훈련하고 있는 제독, 채모와 장윤을 불렀다. 조조가 말했다.

"채모, 지금 수군 상태는 어떠한가?"

"육군이 수군 훈련을 받자니 뱃멀미가 심합니다. 우선 그 증상부터 관리하고 있습니다."

"그 증상이 언제 끝난다는 것이냐! 여봐라! 이 두 장수를 죽여라!"

이에 채모와 장윤은 억울하다는 듯이 대꾸했다.

"승상, 저희는 너무 억울합니다! 통촉하여 주시옵소서."

결국, 채모와 장윤은 사형당했고, 모개와 우금이 대신 수군을 관리하기로 했다.

시상성, 회의장. 주유가 큰소리치며 장수들의 마음가짐을 다지고 있는데, 이때 황개가 말했다.

"주유! 당신은 말만 그럴싸하게 하고 실질적으로 병사들의 사기를 떨어뜨리고 있소. 안 그렇소?"

"허허, 황개. 왜 이렇게 태클을 거시오? 태클은 축구에서 걸으시오!"

"모두들! 주유는 아직 어린 애송이외다. 그를 따를 필요가 없단 말이오."

"으으… 여봐라! 저 늙은이를 곤장 100대에 쳐넣어라!"

"씨발!"

한편, 오나라 진영. 황개가 벌을 받는 것을 보고는 오나라 장수들이 기겁하였고, 오나라 장수인 감녕과 감택은 채중과 채화와 열띤 얘기를 하고 있었다. 바로 그것은 조조에게 투항하겠다는 것. 황개 장군 또한 마찬가지의 의견이었다.

············

적벽, 조조의 진영, 유명인사 하나가 방문했다. 그것은 바로 방통이었다. 조조가 물었다.

"방통님. 저희 배들이 자꾸 움직여서 병사들이 뱃멀미하는데, 이걸 어찌하면 좋겠소?"

"간단합니다. 배와 배를 연결하는 연환계를 실행시키면 됩니다."

"오! 그런 방법이 있었군요! 방통님. 혹시 우리 진영에서 활동해주실 수 있겠소?"

"전 가야 할 때가 있습니다. 조조 님, 그럼 실례하겠습니다."

시상성, 회의장. 주유의 지시로 인해 모든 장수가 자리를 떴고, 제갈량과 노숙만이 남아 있었다. 주유가 아무 말도 못 하고 있자 제갈량이 물었다.

"주유님, 무슨 고민이라도 있으십니까?"

"음, 다름이 아니라 우리 오나라의 화살 개수가 조조군과 싸우기엔 적은 편이오."

"어느 정도의 화살이 필요하십니까?"

"글쎄, 한 10만가량이 필요하오."

"그러면 제가 가져오겠습니다."

"아니, 이런 판국에 10만의 화살을 챙길 수가 있소이까?"

"저라면 가능합니다."

"으음, 한 번 해보시오."

"먼저, 큰 배 20척을 준비해주십시오."

주유는 제갈량의 이런 말에 아뿔싸 했다. 제갈량이 가장 가운데에 위치한 배에 타고, 주유와 노숙 또한 같이 탔다. 제갈량이 미리 술을 준비하였고, 그들은 술이나 마시면서 하하 호호거렸다. 오늘은 깊은 안개가 꼈다. 꽹과리 소리가 들리자 조조군은 해전을 할 생각도 않고 지상에서 화살을 모조리 난사했다. 그러한 탓에 오나라의 큰 배에는 마구 화살이 박혔다. 이제 충분하다 싶은 제갈량은 신호를 내리자 모두 철수했다.

다음 날 아침, 조조로부터 많은 화살을 받은 오나라는 모조리 다 떼어냈다. 만 단위가 넘었다. 이에 제갈량은 흡족한 미소가 지어지게 한다. 2만, 5만, 7만, 99999… 하필이면 딱 하나의 화살이 없었다. 주유가 제갈량에게 명했다.

"모두 들어라. 제갈량은 임무를 완수하지 못했다. 따라서, 이 자를 참수시키도록 하겠다!"

"난 매우 억울하오. 어찌 이럴 수 있소?"

"음, 대신 다른 임무를 성공하면 봐주겠소."

"어떤 임무요? 웬만한 것은 모두 자신 있소."

"우리가 화공에 성공하려면 남동풍이 필요하오. 제사를 지내는 것 또한 좋소."

"ㅇㅋ 나 이거 전문인데ㅋㅋ"

"해보기나 하세요ㅎㅎ"

제갈량이 제단 위에 올라서며 의식을 치르는 가운데, 주유의 친구 장간이 또다시 찾아왔다. 그러나 주유의 반응은 냉담했다.

"네가 내 친구여서 봐줄 테니 썩 꺼지시오!"

그리고는 부하를 시켜 장간을 쫓아 보냈다. 감녕과 감택, 정보, 서성, 정봉은 모든 준비를 마쳤고, 이제 제갈량만 남동풍을 성공시키면 되는데…

…………

시상 조운의 배, 제갈량이 말 하나를 훔쳐 조운의 배까지 도달했다. 조운이 물었다.

"어떻게 됐습니까, 군사님?"

"자세한 것은 말하기 어렵지만, 오나라와 우리 유비군에게 유리하게 만들었소. 다만 아쉬운 점은 남동풍을 일으키지 못한 점이오."

" ? "

" ?? "

"제 착각인지는 잘 모르겠으나, 남동풍 지금 불고 있는데요?"

"어엇? 럭키! ㅋㅋㅋㅋ"

"어쨌든 배에 올라타십시오. 강하까지 신속히 이동합시다."

강하성 회의장, 제갈량이 보질에게 당한 것과, 10만 화살도 실패, 게다가 남동풍도 실패한 줄 알고 도망친 것, 모든 것이 실패투성이였다. 유비가 제갈량에게 물었다.

"제갈량, 일이 잘 풀렸다고 들었소ㅋㅋ"

"제가 누굽니까, 제갈량 아닙니까!ㅋㅋ"

"자, 방금 전에 오나라에서 서신이 왔소. 적벽에서 한꺼번에 싸우자는군."

"흐음…"

"그리고 제갈량, 마지막에 제사 지낼 때 도망쳤다던데?"

'시발…!'

그때, 서서가 제갈량을 감싸들었다.

"에이, 그럴 리가 없습니다. 어찌 됐든 간에 지금 남동풍이 불고 있지 않습니까? 이는 호기입니다. 우리도 슬슬 조조의 진영에 공격을 갑시다."

"좋소, 출진하겠소!"

유비군 배가 적벽을 향해 전진했다.

· · · · · · · · · · ·

조조의 진영, 채중과 채화로부터 서신이 왔다. 주유에게 대들던 황개가 곤장 100대를 맞고 나서 조조군으로 귀순을 희망한다며, 청룡기를 달고 오나라의 군량 대부분을 배에 실어서 오겠다고 한다. 이에 조조가 흡족해하며 말했다.

"이거 게임 끝났구나! ㅋㅋㅋ 모두 수고 많았다."

그때, 가후가 조조에게 충고했다.

"조조 님. 너무 쉽게 풀리는 것 같지 않습니까? 조심하셔야 합니다."

"으음… 그런가. 신중히 하는 것도 나쁘진 않지. 잘 알았소."

이때였다. 조조군 진영 저 멀리서 청룡기를 단 배가 정말로 오고 있었다. 조조와 가후가 진영 바깥으로 나와 유심히 관찰하는데,

갑자기 배에 불이 붙더니 이곳저곳 옮겨붙기 시작했다. 강물에 빠져 있던 황개가 큰 목소리로 조조를 향해 외쳤다.

"이런 병신 같은 조조야! 나는 평생 손가의 몸, 너희들에게 항복할 것 같으냐!"

감녕과 감택이 채화와 채중을 길잡이로 삼은 뒤 제거하고 연환계를 하고 있는 조조에게 뛰어들었다. 정보, 서성, 정봉도 뒤늦게 조조군의 배에 뛰어들었다. 오나라가 유리하게 전개되었고, 저 멀리서 유비군 배의 모습도 나타났다. 이에 조조가 소리쳤다.

"철수, 철수하라! 배에서는 뱃멀미 때문에 싸울 수가 없다! 지상으로 내려와라!"

모든 조조군이 지상으로 내려오자 배 위에 있던 오나라 장수들이 한결같이 조조를 비웃었다.

"땅만 크면 뭐하냐! 강에선 상대도 안 되는데! 자, 가자!"

오나라 병사들이 하나같이 지상으로 뛰어내렸다. 이에 조조군은 놀라 달아났다. 조조군은 500명도 채 남지 않았다. 장수도 장료, 가후, 조인, 조홍, 순유 뿐이었다. 목표는 강릉, 너무 뻔한 루트이기 때문에 오히려 발각될 수 있으나, 바로 그걸 또 이용하는 것이다. 그렇기 때문에…

"내가 바로 상산의 조자룡이다! 덤벼라!"

결국, 조조군은 조운에게 한바탕 휘둘렸다. 그다음에는 2갈래가 있었는데, 한 곳은 연기가 피어오르고 있었고, 다른 한 곳은 아무렇지도 않다. 이에 조조는 생각했다.

"내가 이 계획을 모르고 당할 줄 아느냐ㅋㅋ 당연히 연기가 피어오르는 쪽으로 가야지."

그런데 거기에는 장비가 떡하니 서 있었다. 장비가 말했다.

"역시 제갈량은 뭔가 달라! 나중에 맛있는 것 좀 사 줘야지!"

이에 조인과 조홍이 나서서 조조에게 말했다.

"조조 님. 저희가 막아내겠습니다!"

"음! 부탁하겠소! 살아 돌아오시오!"

이제 강릉으로 가는 길은 멀지 않았다. 화용도, 그곳에는 관우가 버티고 있었다. 관우가 앞에 있다… 남은 조조군은 지쳐 쓰러졌다. 관우가 조조에게 말했다.

"조조 님, 오랜만입니다."

"관우, 우린 옛정이 있을 것이오."

"그렇습니다."

"옛정을 봐서라도 우릴 지나가게 해주시오. 안 되겠소?"

" ...... "

관우가 심각하게 고민하더니, 결국 이런 대답을 하였다.

"알겠소. 지나가시오."

이에 조조군이 죽다 살아난 기분으로 자리에서 일어나 관우 옆을 지나갔다. 장료가 지나갈 때, 그는 관우에게 말했다.

"정말 감사드리오. 관공."

"다음엔 전장에서 보게 될 것이오. 장료."

"알고 있소이다. 그럼 가겠소."

"음."

조조군은 뒤늦게 도달한 조인과 조홍과 합류한 뒤 강릉성으로 내뺐다.

....

강하성 회의장. 관우의 길 비켜주기 스킬로 인해 조조를 잡지 못한 관우를 제갈량이 혼쭐냈다. 유비군과 손책 연합군의 승리를 장식하기 위해 유비와 조운, 제갈량이 배를 타고 시상성으로 모였다. 주유와 손권이 높은 자리에 앉고, 옆에는 유비, 조운, 제갈량이 나란히 앉았다. 손권이 말했다.

"우리는 승리했소! 책사들이 아무리 항복을 권해도 무장들의 반대와 투지로 인해 이 상황까지 왔소이다!"

다음은 주유가 말할 차례다.

"난 개인적으로 우리 오나라 장수들이 겁부터 먹고 전투에 임하지 않았으면 좋겠소! 우린 생각보다 더 강한데 무서워할 게 뭐가 있소?" 다음은 유비가 말할 차례다.

"여러분들의 말씀이 만 번 옳습니다. 앞으로 우리는 연합하여 조조에게 대항합시다. 어떻습니까?"

다음은 제갈량이 말할 차례다.

"주유 님도 잘 알고 있을 것이오. 우리 유비군의 전투력이 상상 이상이라는 것을 말입니다."

이에 주유가 답변하였다.

"소인 주유도 유비군과 같이 연합하는 것이 좋다고 생각하오. 손 권 님! 윤허해주십시오!"

"나도 주유와 의견이 같소. 연합을 허락하겠소!"

"감사합니다. 손권 님!"

제 10 장
조조 토벌전

적벽대전의 승리 이후 오나라와 유비군은 한층 사기가 상승했다. 주유는 신속히 군사를 몰아 강릉성으로 진격했다. 양양성의 태수는 하후돈, 강릉성의 태수는 조인으로 조조의 본대는 이미 허도로 퇴각한 상태여서 병력이 그다지 많지 않았다. 강릉성 앞까지 도달한 주유는 그 지점에 진지를 구축한 뒤 사방에서 강릉성을 공격했다.

이 전투에서 빛을 낸 장수는 감녕과 능통이었다. 이 두 사람은 같이 성곽 위까지 올라가서 병사들을 쓸어내고 있었다. 과거에는 서로 앙숙이었던 그 장수들이 힘을 내니 조조군은 금방이라도 항복할 기세였다. 그때였다. 조인이 큰소리로 외쳤다.

"야 이 개새끼들아! 여긴 조조 님의 영토다! 썩 물러나지 못할까!"

조인의 목소리에 기겁한 오나라의 병사들이 일제히 도망쳤다. 통제되지 않자 감녕과 능통도 일단은 철수했다. 성곽 주위를 둘러보던 조인이 주유로 보이는 장수가 가까이에 있음이 확인되자 활시위를 당긴 뒤에 놓음으로써 주유를 맞췄다. 이에 조인이 신난 듯 방방 뛰었다.

"앗싸, 10점!"

그러면서 다시 맞추려고 하는데, 오나라 장수들이 주유를 데리고 오나라 진지까지 후퇴했다. 이는 호기였다. 조인군은 야습을 하기 위해 낮에 잠을 자고 밤에 일어나서 절반 이상의 병력으로 야습을 가했는데, 이럴 수가, 오나라 진지에는 아무도 없었고, 오히려 사방에서 조인군을 덮쳤다. 조인군이 시발 시발 거리면서 강릉성으로 돌아왔는데, 그곳에는 이미 조조군의 깃발이 바뀌었다. 바로 조운군이 버티고 서있었다. 치료를 끝낸 주유가 빡치며 말했다.

"아니 이런 시부랄! 우리가 다 이긴 건데 선수를 쳐!? 우선 양양성부터 가보자."

오나라 군사들이 양양성에 도달했는데, 그쪽도 마찬가지로 장비의 깃발이 꽂혀 있었다. 오나라 책사인 노숙이 유비에게 갔다 왔더니, 이런 말을 하더라.

"강릉을 먹은 동시에 양양성에 서신을 보내 강릉성이 위험하니 도와달라… 하고 전략을 사용한 것뿐이다."

이에 주유가 빡치며 말했다.

"에이! 시발! 제갈량 이 씹새끼! 내가 다음부터는 용서치 않겠다!"

· · · · · · · · · · ·

강릉성 회의장. 제갈량이 여러 장수를 모아서 말했다.

"우린 아직 멀었다! 신속히 여러 장수로 하여금 형주 남부를 평정해야 한다! 관우!"

"예, 군사님."

"그대는 관평과 주창과 같이 장사로 가시오."

"알겠습니다."

관우군이 장사를 향해 움직이고 있는데, 관평이 관우에게 말했다.

"저, 아버지. 장사에는 활을 잘 쓰는 황충이란 인재가 있다고 들었습니다. 아무쪼록 주의해주시길 바랍니다."

"으음, 좋은 조언이군. 잘 알겠다."

잘 아는 건지 모르는 건지… 관평과 주창은 진지 구축에 임했고, 관우 혼자 말을 이끌고 앞으로 나와 소리쳤다.

"거기에 황충이 있다고 들었다! 어디 한번 낯짝 좀 보자!"

"나 말이냐?"

그때, 성문이 열리면서 장수가 하나 나오는데, 나이는 50대쯤 되어 보이는 흰 수염을 기르고 있었다. 관우가 일기토를 권했고, 황충 또한 응했는데, 150합이 되어도 승부가 나질 않았다. 좀 쉬었다 싸우자고 하고 서로 등 뒤를 돌렸는데, 황충이 다시 돌려서 활시위를 당겨 관우를 맞추려고 했는데, 관우 또한 눈치 채고 등을 돌려 청룡언월도로 쳐냈다.

"허허, 황충공. 그건 반칙 아니오? ㅋ"

"전투 중엔 반칙 같은 거 없소. 잘 모르시는구려."

"그렇군, 내일 다시 싸웁시다."

한편, 관우와 황충이 접전을 벌이는 가운데, 장사의 한현의 휘하인 위연이 한현을 포박하였다. 그리고는 성곽까지 올라가고선 관우를 향해 소리쳤다.

"여러분! 게임 끝났습니다! 이 자가 한현입니다! 우리의 항복을 받아주십시오!"

실제로 성문마저 열렸고, 관우군은 장사성으로 들어가 항복을 받아내었다. 다행히도 황충 또한 유비군에 귀순하기로 했다. 원래는 유표군이었는데 박대를 당하자 위연과 황충이 장사성에서 지내던 한현의 휘하에 임시로 들어와 있었던 것이었다. 무릉, 영릉, 계양 또한 유비군 수중에 들어왔으니, 이제 오나라와 견줄 만도 할 세력이 갖추어졌다. 이제 조금만 더 있으면 천하삼분지계가 갖추어질 것이다.

그때, 강릉성 회의장. 헌제로부터 칙사가 도달했다. 칙사가 말하기로는, 양양성과 강하성을 오나라에게 주고, 유비군은 강릉성을 도맡으라는 전갈이었다. 이에 장비가 개빡친다는 듯이 말했다.

"아니, 성님. 왜 우리가 이렇게 손해 보면서 사는 거요? 안 그렇소?"

"닥쳐라, 장비! 분명 헌제님의 지시는 아니겠지. 하지만 참 너무 하는군. 우리가 중원으로 갈 수도 없게 하고, 오나라와 다툼이 벌려지도록 하는 처사라…"

············

현재 손책의 세력을 오나라라고 부르는 이유는 그만큼 대단한 국력을 가지고 있기 때문이다. 현재 손책군은 수춘부터 시작해서 여남, 소패, 서주, 하비, 북해까지 전선을 넓혔다. 뒤늦게 헬기를 타고 이 전선을 담당하고 있던 장료는 악진과 조순, 여건, 장패에게 인수인계를 모두 받았다. 장료가 지시했다.

"우선 장패님은 그대로 태산에서 올려오는 적들을 제거해주시오."

"예, 알겠습니다!"

"조순 님은 북해까지 헬기 타고 가셔서 원군을 불러 그쪽을 막으라고 지시하시오!"

"알겠습니다."

"여건 님은 여기 초현에서 끝까지 막아봅시다!"

"예!"

"악진은 허도를 수비해주시오!"

"알겠소."

"자, 이동 개시!"

. . . .

소패성 회의장, 손책은 이번에 새로 임관한 방통과 같이 서주 세력 정리에 들어갔다. 그나마 재빠른 주태와 장흠이 태산으로 쳐들어가 단숨에 장패를 포박했다. 이제 중원, 초현과 허도, 복양성이 남았다. 오나라는 손책과 한당, 손정, 태사자, 장소, 방통 여섯이서 가위바위보를 통해 결정되었다. 바로 허도성이었다.

"그러고 보니 그곳만 차지하면 헌제 또한 우리 편이잖아? ㅋㅋ"

그제야 깨달은 손책이었다. 오나라 병사들이 허도로 진군하고 있는데, 갑자기 자동차부대가 오나라 부대를 덮쳤다. 워낙 빠른 스피드여서 그런지 제대로 대응도 못 하고 높은 곳으로 올라갔다. 손책이 빡쳐서 말했다.

"아니 이런 쉬벌! 자동차로 덮치다니. 아직 근현대 시대도 아닌데 너무한 거 아니냐!"

조조군의 자동차부대가 이번엔 오프로드로 달려들었는데, 마치 자살행위였다. ㅋ 자동차가 이리저리 뒤집히며 알아서 부서졌다. 손책이 ㅋㅋ대며 말했다.

"이건 뭐냐, 개콘보다 더 웃겨죽겠네ㅋㅋ"

허도성에 도달한 손책군은 동문과 남문 두 쪽에서 공격을 개시했다. 태사자가 장수들만 노려 활을 쏘는데, 이것이 악진에게 적중되었다. 악진이 쓰러져 사망하니 허도의 병사들은 우왕좌왕할수밖에 없었다. 한당과 손정이 허도의 성문을 뚫고 들어가 헌제를 옹위했고, 손책과 태사자가 잔당들을 모두 처리했다. 허도 전투는 오나라의 승리였다.

뒤늦게 허도로 돌아온 조조는 심히 빡쳤다. 병력 배분 측에서 문제가 있었음을 깨달은 조조는 장료 뒤통수를 후려치고ㅋ 낙양과 완, 업의 병사들을 모조리 끌어모아 다시 허도를 확보하기로 마음먹었다.

. . . .

허도성 황궁, 헌제가 벌벌 떨고 있는 가운데, 손책이 너그럽게 헌제에게 말했다.

"황제 폐하, 저는 조조가 아닙니다. 폐하를 겁주며 괴롭힐 자가 아니란 뜻입니다."

"난 당신이 강동의 소패왕이라 들었소. 어찌 겁을 안 먹을 수가 있겠소?"

"음, 확실히 겁을 먹을 만하기도 하지요ㅋㅋ 하지만 겁 안 드셔도 됩니다. 정말입니다."

허도성 회의장, 돼지갈비 파티를 열며 승리의 만찬을 열었다. 손책이 방통에게 말했다.

"방통, 여기까지 온 것도 모두 당신 덕분이오! 어떻게 보답해야 할지 모르겠소이다!"

"허허, 저는 바랄만한 게 없습니다. 봉록만 주시면 그걸로 충분합니다."

"오오… 정말 대단하군요. 드래곤볼 달라고 했으면 드릴까 했는데."

"드래곤볼 주십시오. 부탁드립니다."

"흐흐, 이미 물 건너갔소."

'ㅅㅂㄹㅁ'

"자, 이제 허도를 점령했으니 초현 점령도 문제없겠군. 모두들,

초현 확보 준비하시오!"

강릉성 회의장, 제갈량도 서서도 한결같이 말했다.

"이번 칙사를 따라서는 안 됩니다!"

"ㅇㅋ 결정. 칙사를 저버리자!"

되게 고민하던 유비가 제갈량, 서서의 의견에는 반박 없이 확고히 하였다. 이에 관우와 장비가 회의장을 나와 뒤쪽으로 돌아서 보니, 간손미도 불만이 많았는지 담배를 피우고 있었다. 자기들의 의견보다 책사들의 의견을 존중한다든지, 자기 말은 씨알도 안 먹힌다는 듯이, 하여튼 그런 류의 하소연이었다. 관우와 장비 이후에 가장 레벨이 높은 간옹이 은근슬쩍 제시했다.

"우리… 독립… 어떻습니까?"

지랄 쌈 싸먹는 소리였기에 손미는 깜짝 놀랐고, 관우와 장비가 각자 간옹의 팔을 서로 부여잡았다. 관우와 장비가 차례대로 소리쳤다.

"넌 오늘이 제삿날이다. 어딜 감히 유비 형님한테서 벗어날 생각을 해?"

"뒤져라 개색기야!"

간옹이 살려달라고 큰소리쳤으나, 이미 늦었다. 관우와 장비의 창이 달려들어 간옹의 목이 순식간에 날아갔다. 유비군의 룰이란 참으로 이렇게 확고했다.

"우리 유비군에게 배신은 없다! 절대로!"

관우의 멋진 대사로 이 사건은 마무리되었다. 하지만 이 소식을 전해들은 유비는 크게 탄식했다. 관우를 혼낸 뒤 고이 제사 지내라 하였다. 이로써 간손미에서 손미가 되어버렸기에 외교 내정 땜빵이 사라졌다. 유비는 그런 점에서 탄식한 것이다.

하여튼 강릉성 회의장, 제갈량이 유비에게 제안했다.

"유비 님은 현재 방통이 어디에 소속되어 있는지 아십니까?"

"나는 잘 모르오. 그 봉추란 자가 어디에 있소?"

"현재 손책군 북부 전선에서 주유를 대신하여 군사를 담당하고 있습니다. 제가 그이를 찾아 우리 진영으로 데려올까 합니다. 부디 허락해주십시오."

"내가 거부할 이유가 있겠소? 간청하여 모셔오도록 하시오. 보조 인력으로는 누가 좋겠소?"

"이번에도 조운을 데리고 가겠습니다. 왜냐면 조운이랑 같이 가면 간지나 보여서ㅋ"

"제갈량, 나랑 같이 가는 게 더 간지나지 않소? 나 또한 존잘남인데…"

"……"

"방금 발언은 철회하겠소."

"충분히 웃겼습니다. 그러니 괜찮습니다."

"아니, 안 웃긴 거 잘 알고 있소."

"알면 같이 웃읍시다."

"ㅋㅋㅋㅋ"

"ㅋㅋㅋㅋ"

· · · · · · · · · · ·

허도성, 이곳은 스탈린그라드마냥 치열하게 전투가 펼쳐졌다. 허도성의 주인이 무려 13번씩이나 바뀌고 있었고, 결국 오나라는 일시 후퇴하기 시작했다. 하후돈이 황궁 내부를 뒤졌으나 헌제는 없었다고, 허도성 내부에 자리 잡고 있던 조조에게 보고가 들어왔다. 조조가 큰소리로 외쳤다.

"이거 참 빡돌겠구나! 헌제를 그사이에 회수하다니!"

이에 장료가 진언했다.

"아직 패배를 단정하기엔 이릅니다. 각지에서 조조군이 모여들고 있으니, 중간에 헌제를 회수할 가능성도 충분히 있습니다."

"닥쳐라, 장료! 이게 다 네놈 새끼 때문 아니냐! 네가 충분히 허도를 지키기만 했어도 이렇게 전선이 달라지진 않았다!"

"… 전 열심히 전투에 임했습니다만…"

그때, 조조가 장료에게 싸대기를 날렸다.

"간웅으로써 명한다. 이 입만 잘난 새끼를 사형시켜라!"

"예!"

조조군 여럿이서 장료에게 칼을 들이대고 있을 때, 어딘가에서 날아온 오나라 장수가 하나 있었다. 그는 바로 오나라의 무쌍, 태사자였다. 태사자가 자신을 지킨다고 여긴 장료가 그제야 조조군에게 같이 창을 겨뤘다. 주변의 병사들을 정리하고 둘이서 같이 조조에게 창을 겨누는 순간, 허저가 뒤늦게 조조에게 당도했다. 조조가 철퇴 명령을 내리고는 먼저 도망쳤고, 허저는 태사자와 장료 둘에게 동시에 창을 겨뤘다. 2:1의 싸움이었지만 허저는 전혀 밀리는 기색이 없었다. 이에 태사자가 장료에게 말했다.

"장료, 우선은 내뺍시다. 허저는 우리가 이기기엔 어려운 상대요."

"알겠소이다. 먼저 도망가시오. 내 뒤따라가겠소!"

태사자가 성문 바깥으로 나와서 성문 안쪽을 바라보며 장료가 나오길 기다렸으나, 좀처럼 나올 기미가 보이지 않았다. 태사자가 그제야 탄식했다.

"아아, 나올 때 같이 나왔어야 했는데⋯ 장료공, 무운을 빕니다."

현 상황은 손책군이 허도에서 뒤로 밀려 바깥으로 전부 나왔고, 헌제를 모셔서 모범택시를 태우고 수춘성에 도달한 상태이다. 손책이 수춘성으로 귀가하면서 외쳤다.

"우린 허도성을 빼앗긴 못했으나, 헌제를 모신 것은 큰 수확이다. 모두, 승리의 함성을 외쳐라!"

"와아아아아앙!ㅋ"

손책군은 수춘성에서 재정비를 하기로 하고, 헌제는 배에 탑승한 뒤 건업으로 보냈다. 건업에 이르자 손권 및 여러 인재가 그를 모시고 우선은 회의장을 이용하도록 한 뒤, 황궁을 건설하기 시작했다. 제갈량이 방통을 만난 것은 바로 이때였다. 수춘성, 방통의 저택에 쳐들어간 제갈량이 방통을 살살 꼬드기고 있었다.

"방통이여, 유비님은 당신 같은 인재를 필히 원하오. 어떻소? 원직과 나 공명에 귀공, 사원까지 합친다면 천하무적 아니오?ㅋㅋ"

"음, 확실히 그렇군. 나도 슬슬 이직을 원하고 있었소이다.ㅋㅋ 물론 연봉은 더 올려 받겠지?ㅋㅋ"

"그건 걱정 말게나ㅋㅋ 유비 님은 우리 같은 인재에게는 후한 연봉을 준다오."

"음, 좋소! 사직서 쓰고 올 테니 기다리시오!"

정말로 사직서를 쓴 방통이 제갈량과 함께 양자강으로 가서 조운이 띄운 배에 타고 강릉성까지 갔다. 강릉성 회의장, 유비는 정말로 인자한 사람이었다. 그래서 그는 방통을 뇌양현에 쳐 집어넣었다.ㅋ 그래서 방통은 일을 하지 않았다. 장비와 손건이 유비에게 그를 고발했다. 그래서 찾아가 봤는데, 벼락치기식으로 끝냈고,

"호호, 오셨습니까."

하며 먼지 하나 못 털게 했다. 유비는 결심했다.

"벼락치기도 능력이다. 방통, 자네를 부군사로 명하겠소. 제갈량과 서서와 같이 일해주시오!"

"성은이 망극하옵니다."

이로써 유비군은 제갈량, 서서, 방통 3 군사, 관우, 장비, 조운, 위연, 황충으로 밸런스가 맞춰졌다. 그런데 이때, 빌어먹을 칙사가 또다시 당도했다. 이번엔 동맹 세력으로부터 전해지는 칙사였다.

"귀하 유비는 동오의 손상향과 결혼할 것을 명한다!"

이건 뭐 병신도 아니고… 결혼을 마음도 못하게 상대를 정해주니ㅋㅋ… 어이 없었으나 이번에도 한결같이 대부분의 장수들이 외쳤다.

"다녀오십시오, 유비님! 미부인과 감부인도 잃었으니 지금이 호기입니다!"

"에잇 시발놈들아ㅋㅋ 이거 암만 봐도 정략결혼이잖아!"

"다녀오십시오, 유비님!"

"아오 시끄러워ㅋㅋ 간다 가ㅋㅋㅋ"

조운이 또다시 택시 역할로 유비를 태우고 건업까지 가서 그를 내린 뒤 정박시켰다. 세 군사의 지시로는 교현을 먼저 만나고 보라는 것. 무슨 개를 교육하는 듯한 명령이었지만, 유비와 조운은 그대로 따랐다.

교현을 만나니 교현은 무슨 유비를 신격화시키면서 우대했고ㅋ

오국태도 만만치 않았다. 둘이서 무한 쉴드를 쳐내니 어떠한 오나라 장수들, 심지어 손권도 유비를 손댈 수 없었다. 그리고 이 당시에는 손책도 멀리 원정을 떠난 터라 싫고 말고가 없었다. 혼례식이 거행되었고, 건업성에서 마차에 둘 다 탑승해 행진을 하자 대부분의 백성들의 환호가 이어졌다. 유비가 손상향에게 말했다.

"상향, 우리 형주로 오시오. 나는 국정을 돌보기 위해서는 형주에 있어야만 하오. 어떻소?"

"어머, 저도 좋아요. 유비님!"

"상향!"

"유비님!"

뽀뽀신이 진하게 이어졌고, 그럴수록 더욱 환호가 커졌다. 유비는 형주로 가기 전에 들를 장소가 있었다. 바로 헌제가 위치한 회의장이었다. 헌제는 유비를 매우 반갑게 맞이했다.

"오오, 유황숙! 너무나도 반갑소!"

"신 유비, 황제를 뵈옵니다!"

유비는 헌제에게 자신의 포부를 밝혔다.

"언젠가 천하 통일을 하고 한나라를 재건해보겠습니다. 믿고 맡겨주십시오!"

"오오, 그날이 오기까지 기다리고 있겠습니다."

유비와 손상향은 조운이 정박해둔 배에 탑승한 뒤 형주로 도망쳤다. 한편, 수군 제독으로 파양호에서 훈련시키던 주유가 이 소식을 매우 늦게 듣고 크게 탄식했다.

"이런 시발! 누가 이런 결과를 바랬는가!"

주유는 쾌속선을 타고 건업까지 가서 대부분을 설전으로 개관광시키고 손권에게 따지기 시작했다.

"저는 이 정략결혼이 반드시 잘될 줄 알았습니다. 설마 이런 결과가 되길 바랐겠습니까!"

"미안하오, 주유. 내가 경험이 부족한 탓이오."

"으아아아아아아아아아아앙, 젠장! 서성, 정봉!"

"예!"

"도망친 유비 일행을 붙잡아라!"

그때, 곁에 있던 서성이 주유에게 고했다.

"… 저기, 주유님도 잘 아시겠지만… 이제 와서 유비 일행을 붙잡는 것은 불가능…"

"에잇, 시발! 시발! 시발!"

제 11 장
마초 토벌전

이때쯤에 마등, 마초, 마대, 마휴, 마철은 황궁의 부름을 받아 허도로 와 있었다. 그들은 와 이런 ㅅㅂ 건축술이 남다르네ㅋㅋ 하며 황성으로 들어갔다. 그런데 이럴 수가, 헌제가 없었다. 이미 손책이 뺏어갔기 때문이다. 황성 바깥으로 나오니 수많은 조조군 병사들이 포진되어 있었다. 이에 모든 마씨들이 말에 올라탔고, 마등이 외쳤다.

"모두들, 준비는 됐겠지? 간다!"

"예!"

마휴와 마철은 시작부터 화살 맞아 사망ㅋㅋㅋ 하고, 마등과 마초와 마대는 꽤 오랫동안 살아남았다. 이제 막 서문으로 빠져나가려고 하는데 갑자기 뒤쪽에서 화살이 날아와 마등의 등에 꽂혔다.

"윽!"

그런 그를 발견한 마대가 말을 탄 채로 그를 부축한 뒤 앞에서 계속 무쌍을 펼치는 마초와 함께 서문을 빠져나와 천수성을 향해 도망쳤다. 그리고 천수성 회의장, 출혈이 계속 일어나고 있는 마등을 지혈했으나 더이상 전투에 합류할 수는 없을 수준으로 전락했다. 마씨의 유일한 책사, 한수가 말했다.

"아니, 황제가 불렀으면 가는 게 인지상정! 그런 우리들을 포위해서 족치다니 참으로 방식이 시발스럽구려!"

방덕이 또한 말했다.

"전투를 벌입시다. 이번 건은 도저히 용서할 수 없습니다!"

얼떨결에 총대장이 된 마초가 지휘를 맡기로 하였고, 마초군은 장안성 앞까지 도달했다. 장안성을 맡는 자는 조홍과 종요인데, 장안성의 식량을 얻으려면 낮 시간대에 성문을 열어서 식량을 들고 오는 백성들을 받아줘야 한다. 그런데 어느 날, 마초군이 장안성으로 급히 박차고 공격해왔다. 조홍이 명령을 내렸다.

"백성들이여, 얼른 성안으로 들어와라! 시간이 없다!"

다행히도 모든 백성이 성안으로 들어왔다. 그 이후엔 볼 거 없다.ㅋㅋ 백성들 중 일부는 간첩이었고, 중규모의 화계가 실행, 장안의 백성과 병사들은 큰 혼란에 빠졌다. 이런 타임을 이용해 마초군이 사다리를 이용해 성문을 넘어왔고, 조홍군과 종요군은 동문으로 빠져 동관으로 향했다. 동관에서 다시 한 번 수비를 해볼 생각인 듯하다.

그제야 조조가 이끄는 군사들이 동관에 도달했다. 장안은 매우 훌륭한 방어선이었으나 그게 뚫렸으니, 조조는 조홍과 종요에게 꿀밤을 먹였다. 그리고는 성곽에 올라가서 마초군의 포진을 둘러보고 있는데, 매우 놀라운 광경을 보았다. 바로 마초였다. 조조는 자기도 모르게 소리 질렀다.

"쉬벌래미… 개쩔어ㅋ… 존나 잘생겼어…"

조조는 여러 장수에게 공지사항을 했다.

"얘들아! 저 마초란 장수는 절대 죽이지 말고 생포해라! 죽이는 놈은 그 자도 똑같이 죽이리라!"

장판파의 조운과 똑같은 지령… 하여튼 조조군이 동관에서 바깥으로 나와 진형을 짜고 있는데, 마초가 선빵 날릴 준비를 하였다.

"자, 서량의 기병들이여! 우리들의 위력을 보여주자!"

이에 마대와 방덕, 그리고 기본팔기(후선, 정은, 이감, 양흥, 성의, 마완, 양추, 한수)가 단숨에 나서서 동관으로 향했다. 일자진으로 그대로 쓸어버리니 조조군으로서는 다시 동관으로 돌아갈 수밖에 없성.ㅋㅋㅋ

그런데 이제야 조조는 깨달았다. 바로 마초군은 궁사수가 없다는 점이었다. 오로지 기병과 사다리뿐이었다. 조조는 궁사수를 성곽에 숨겨두고 다시 한 번 마초군 쪽으로 병력을 전진시켰더니 정말로 마초군은 단 한 차례의 화살도 쏘지 않았다. 그저 돌격할 뿐, 조조의 신호가 내려졌다.

"전 부대여, 사격!"

조조의 신호에 따라 수많은 화살이 날려 들어 선진에 있던 마초군이 대부분 전멸되었고, 이에 아뿔싸 하던 마초가 당장 퇴각을 명했다. 하지만 이미 늦었다. 조홍과 하후연, 서황의 병사가 끝까지 쫓아가서 개박살냈다. 뽀나스로 장안까지 얻고ㅋ 전선은 점점 마등 쪽이 밀리게 되었다. 일기토도 개최되었다ㅋ 마초와 허저는 100합을 겨뤘고, 허저가 옷을 벗고 싸우는 데도 승부가 전혀 나지 않았다.

"네놈은 호치다."

"호치… 라고? 그게 무엇이냐?"

"몰라도 상관없다! 이럇!"

얼마나 치열했으면 호치라는 별명이 붙었을까. 마초와 허저는 자기 진영으로 돌아갔다. 그런데 어느 날, 가후가 조조에게 진언했다.

"주공께서는 마초 진영에 있는 한수와 친분이 있지 않습니까? 그 자와 대화를 시도해보십시오. 필시 좋은 효과가 기다리고 있을 것입니다."

"오오, 가후! 역시 자네는 대단한 인재요. 앞으로도 내가 못 따라잡을 것 같소이다."

"뭘 그런 것 가지고ㅎㅎ… 과찬이십니다."

마초군 진영, 조조군 사자가 말하길 조조 대 한수 1:1로 뵙길 청한다는 전갈을 전달했다. 도대체 싸우는 도중에 한 사람이 다른 사람에게 할 말이 뭐가 있을까… 어찌 됐든 간에 한수는 장안 앞까지 도달했다. 그 앞에는 정말로 조조 혼자 있었다. 그들은 옛날이야기를 하면서 우정을 또다시 쌓았다. 그런데 이게 문제가 되었다. 마초가 이 소식을 뒤늦게 안 것이다. 마초는 자기 진영에 돌아온 한수에게 일일이 추궁했다.

"한수님! 도대체 조조라는 개객기를 상대로 무슨 말을 나누고 오셨습니까?"

"음? 아아, 그냥 옛날이야기를 한 것뿐이외다. 다른 말은 일절 하지 않았소."

"제가 그 말에 용납할 것 같습니까?"

"정말이오, 마초! 내 얘기에 거짓이 있다고 생각하지 마시오! 진짜로 옛날이야기만 했소이다."

"닥치시오, 한수님! 앞으로 이런 일이 또 있으면 그땐 절대 용서하지 않을 것이니 각오하시오!"

"아… 어린 게 까부는 정도가 지나치구나."

"지금 뭐라고 하셨습니까?"

"아무것도 아니오. 실례하겠소."

한수군의 막사, 심기가 불편해진 한수가 이곳으로 돌아오니 기본팔기 장수들이 모두 모여 있었다. 한수를 포함한 모든 일행이 다 같이 외쳤다.

"독립!"

"독립!"

"독립!"

그런데 이때였다.

"지랄하고 있네! 이 개객기들아! 네들은 오늘이 제삿날이다!"

이 소리를 들은 마초가 안으로 난입해 한수의 팔부터 잘랐다. 이에 모든 장수가 스릴러를 찍으며 마초와 맞서기 시작했는데, 아무래도 안 되겠는지 모든 장수가 바깥으로 빠져나갔다. 마초도 바깥으로 나왔을 때는 이미 마초군 진영이 불바다가 되었다. 이미 간첩이 잠입했던 것이다. 마대와 방덕이 마초만을 찾아 돌아다니다 이곳까지 왔다. 마대가 마초에게 권했다.

"우선 지금은 마등님이 계신 서량으로 가서 마등님을 모십시다. 현재로선 그게 가장 합당한 것 같습니다."

"으으, 어쩔 수 없군. 방덕의 생각도 같은가?"

"예, 그렇습니다."

"좋아, 서량으로 가자!"

한편, 마초군을 관광시킨 기본팔기 장수들에게 높은 공을 준 조조는, 이제 서부전선은 문제없다고 생각했다. 그는 이 기세를 몰아 다시 손책군 전선으로 돌아갔다.

. . . .

서량성 마등의 저택, 마등은 여전히 병상에 누워있었고, 마초와

120

마대, 방덕은 얼른 도망치길 재촉하였으나, 마등은 그러하지 아니하였다. 도망치는 데 방해가 된다는 이유에서다.

"만약 그 녀석들이 나를 찾아 찌를지라도, 나는 그를 욕하며 죽을 것이다. 개같은 새끼라고…"

마초가 답했다.

"참… 우리 소설은 뭐만 하면 욕부터 하니ㅋㅋㅋ 그럼 가보겠습니다, 아버지!"

· · · · · · · · · · ·

자기 국가에 손대는 사람이 그토록 한 번도 없었는데, 영토 확장을 할 생각도 없는 국가가 하나 있었으니, 바로 유장이었다. 그는 원래 유언의 자식이었는데, 짱박히기 대가이다. 그런데 자기 나라가 드디어 위협에 처하게 되었으니, 바로 장로 세력이 자기 영토에 쳐들어갈 기세가 보인다는 것이다. 사실은 자기 세력이 더 센덱.ㅋㅋㅋ 하여튼 멍청한 군주다.

하여튼 그래서 유장은 바로 옆에 있는 형주, 유비 세력에게 구원군을 요청하게 되었다. 사자는 바로 장송, 말라깽이라 하면 이 사람을 두고 하는 말인 듯하다. 그는 구원군을 부르긴 개뿔, 익주를 먹어달라고 부탁하게 된다. 이에 제갈량, 서서, 방통 세 책사의 반응은 일치했다.

"반드시 탐하십시오!"

이에 유비는 진짜 짜증나게시리 거부반응부터 보였다.

"아 안 되는데… 안 되는데…ㅋㅋ"

이게 바로 유비의 전략이다. 계속 안 된다고 하고 주변 사람들이 계속해달라고 요청하게끔 하는 작전. 결국은 세 군사(제갈량, 서서, 방통)의 지독한 압박에 못 이겨 허락하였다. 이에 장송이 활짝 웃으며 나중에 법정이란 책사와 맹달이라는 장수가 유비군을 도울 것이라 하였다. 유비군은 앞으로 있을 전투에 대비해 병사들을 훈련시키고 있었다. 황충과 위연, 방통, 이적, 마량, 유봉, 관평, 곽준이 그들이다.

반면에 유장군 쪽은 유비군을 불러들이는 데에 굉장히 반대 입장이었다. 사실상 친유비군은 장송과 법정, 맹달 뿐이었다. 친유비파가 좀더 지력이 높으니 아무리 설전을 일으켜도 이기는 것은 친유비파다. 이에 빡친 왕루가 자살까지 시도하면서 유장을 막으려 들었으나, 유장은 무시하고 그대로 부수관까지 갔다. 그곳에는 이미 수많은 군사를 갖추고 온 유비군이 있었다.

유장과 유비군 진영, 그들은 만나자마자 불고기 파티를 벌였다. 한껏 흥취를 즐기고 있는데, 법정과 같이 짠 방통이 갑작스레 주목을 외치며 말했다.

"오늘은 여러분에게 보여주고 싶은 칼춤이 있습니다. 위연, 나와라!"

"예!"

이에 위연이 나와서 칼춤을 추는데, 어찌나 동작이 사나운지, 조금이라도 방심하면 유장이 암ㅋ살ㅋ 당할 것 같은 기세다.   그때였다. 유장의 장수, 장임 또한 앞으로 나와 말했다.

"꽤 솜씨가 좋으시군요. 같이 하면 더 재밌겠죠? ㅋㅋ"

"ㅇㅇ ㅇㅈ"

두 사람은 칼춤을 추는 척하면서 서로 겨루기를 하니, 도중에 황충과 유괴도 동참했다. 유비로써는 불쾌하지 않을 수 없었다.

"야이 십새끼들아! 넷 다 멈추고 물러나라!"

유비의 위엄 서린 목소리에 모두 물러나니, 그 외 사람들은 유비를 무서워했다. 유비가 말했다.

"참으로 애석하도다. 오늘 잔치는 여기까지 하기로 하죠. 유장님은 어떤 생각을 가지고 계신지?"

"제 생각도 같습니다. 칼춤이 잔치를 망쳤구려."

부수관 회의장, 유비는 방통을 불러서 말했다.

"야이 개새끼야! 잔치를 망친 게 너렸다?"

"송구스럽습니다만, 이렇게 하면 유장을 금세 죽이고 익주를 취할 수 있을 것이란 생각에 벌인 짓이었습니다. 봐주십시오ㅋ"

"지금 웃음이 나오느냐?"

"아닙니다. 죄송합니다!"

나중에 회의장을 찾은 법정이 방통과 똑같은 입장을 하고 있었다.

"유비님, 그때가 호기였는데 왜 중단하셨습니까? 저로서는 이해할 수가 없습니다."

"닥치시오, 법정. 나는 그러한 짓을 하면서까지 사람을 죽일 수가 없소."

"유비님의 입장을 모르는 것은 아닙니다만… 하는 수 없군요. 저희가 이해해야 할 부분인 것 같습니다."

"미안하오, 내가 그동안 너무 착하게 살았나 보오. 용서해주시오."

"아닙니다. 괜찮습니다. 그럼 저는 성도에서 반역 준비를 하고 있겠습니다. 유비 님은 방통님을 믿고 따라주십시오. 방통님은 굉장히 존나 쎈 책사입니다."

"굉장히 존나 쎈 책사라…ㅋ 아직은 잘 모르겠지만 믿어보겠소."

며칠 뒤, 유비에게 큰일이 벌어졌다. 장송의 밀서가 장숙에게 발각되어 모조리 사형되었다는 소식이다. 다행히도 법정만큼은 유비 진영에 도달할 수 있었고, 맹달은 이미 빠져나와 가맹관을 사수하고 있었다. 가맹관을 보유하게 됐으나, 어찌어찌 유장 세력 가운데에 놓인 입장, 방통이 유비에게 말했다.

"우선 부수관을 거쳐서 형주로 가려는 모션을 취합시다. 그러면 부수관을 지키고 있는 양회와 고패가 무슨 짓이라도 할 겁니다. 행위는 그때 가서 정합시다."

"좋소. 전군! 형주로 갈 채비를 하거라!"

방통의 이런 판단은 매우 옳았다. 양회와 고패가 우리 부수관으로 놀러오라고ㅋㅋ 무슨 부수관이 놀이터인 줄 아나ㅋㅋ 많은 병력이 부수관에 들어갈 것도 없었다. 양회와 고패도 그걸 바랬다. 부수관 회의장, 황충이 도부수 잡으러 돌아다니고, 위연은 유비를 철통같이 지키니, 양회와 고패는 식은땀을 흘렸다. 이윽고 시간이 지나니, 황충이 유비 곁에 돌아오더니 말했다.

"끝났습니다, 유비님."

이에 유비가 명했다.

"뭣들 하느냐, 얼른 저 두 자식을 처단해라!"

양회와 고패는 황충과 위연의 상대가 못 됐다. 둘 다 목을 치고 나온 뒤 유장군에게 목을 보이니 부수관에 있던 모든 유장군은 기겁하여 유비군이 되겠다고 하더라… ㅋㅋ 하여튼 이제부터는 부수관까지 빼앗은 유비군은 회의장에 모여 의논을 하였다. 방통이 먼저 말했다.

"낙성으로 가는 길은 두 갈래입니다. 한 곳은 평지, 또 한 곳은 절벽 사이로 난 지름길입니다. 어디로 가든 주공 마음대로입니다. 하지만 제 생각에는 평지로만 갔으면 좋겠군요."

"방통, 왜 그런 생각을 하는가? 기습 때문인가?"

"그것은… 아니, 아무것도 아닙니다."

"전투 경험이 많은 내가 평지로 가도록 하지. 방통은 지름길로 가시오. 어떤가?"

"안 됩니다!"

"뭐야 이게 깝치고 있엌ㅋㅋ 이래라 저래라 하고 있네."

"유비님! 제가 지름길로 가면 제가 죽습니다!"

방통의 안구에는 습기가 차 있었다. 그러나 그것이 보이지 않았는지, 유비는 방통에게 지름길만을 재촉했다.

"왜 죽는단 말이오, 방통? 에휴, 알겠소이다. 내가 대신 가겠소. 그럼 됐소?"

"유비님이 가는 것은 덜 위험하긴 합니다. 하지만 웬만하면 평지로만 갑시다."

"ㅉㅉ 이해할 수는 없지만, 그리하리다."

방통은 채비를 모두 마친 뒤 생각에 잠겼다.

'정말이지 큰일 날 뻔했다. 저 협곡은 낙봉파란 말이다… 굳이 봉추가 아니더라도, 유비님이라도 위험한 전장이다. 그나저나, 내가 저 협곡 명칭을 어떻게 알고 있었지…?'

평지로 나아간 유비군은 유장군과 평지전을 펼쳤다. 당연하겠지만 유비군의 승리, 그대로 낙성으로 진격했고, 낙성에 머물던 장수인 장임, 유괴, 뇌동, 오란과 같은 장수들이 모두 잡혔다. 뇌동과 오란만 귀순, 장임과 유괴는 참수당했다.

성도를 코앞에 둔 유비군은 갑자기 비상사태에 놓였다. 마초군이 가맹관을 기습한 것이다. 아마도 유장군이 장로군에게 도움을 요청한 것 같다. 장로군은 조조에게 패배한 마초군을 겸허히 받아주었다. 유비는 황충과 위연만 데리고 가맹관으로 이동하였다. 그곳에는 곽준과 맹달이 마초군을 상대로 치열하게 맞받아치고 있었다. 맹달이 유비에게 보고했다.

"현재 상황을 보아하니 마초군은 우리 가맹관을 넘을 기력은 없어 보입니다. 그냥 막기만 해도 되고 나가서 싸워도 된단 말씀."

"좋다. 황충과 위연! 너희로 정했다!"

두 장수가 성문 바깥으로 나가니, 마초와 마대 또한 진영 바깥으로 나와 서로 가까워지고 있었다. 마초가 먼저 그들에게 물었다.

"내가 서량의 금마초다. 너희들 중에 가장 강한 자가 누구냐?"

이에 황충이 나서며 말했다.

"황한승, 바로 나일세."

이번엔 위연 쪽에서 말했다.

"나는 위연이다. 마초 옆에 있는 자가 누구냐? 내 상대로 적임이겠군."

이에 마대가 있는 힘껏 소리쳤다.

"나는 마대다! 어디 한번 승부를 해보자!"

각자 2:2 싸움을 하는데, 200합이 넘어도 도대체 승부가 나질 않았다. 그때였다.

"조자룡! 간다!"

"연인 장비도 포함이다!"

조운과 장비가 갑자기 등장하더니 상대를 향해 말을 박차고 달리기 시작했다. 이에 마초는 후퇴 명령을 내렸다. 조운이 장비와 함께 가맹관으로 입장하는 순간, 제갈량이 보였다. 유비가 제갈량에게 말했다.

"제갈량, 나는 당신에게 원군을 요청하지 않았는데, 어떻게 된 거요?”

“엄안이란 맹장과 방통을 위해서 왔습니다.”

“엄안이라고?”

“예, 그는 익주의 바깥쪽에 위치한 맹장입니다. 장비가 그를 우리 편으로 만들었지요. 장비님도 참 대단한 사람입니다.”

“그리고 방통이라 함은?”

“방통이 특정 지형에서 무서워하던 걸 못 보셨습니까?”

“아아, 한군데 있었소. 반드시 평지로 가야 한다고…”

“유비님이 밥통공을 살리신 겁니다. 하여튼 저희들은 밥통을 구하기 위해 관우님과 원직을 형주에 놔두고 여기까지 온 것입니다.”

“밥통이라… 신선한 별명이구려ㅋㅋㅋ”

“그나저나 아직 못 풀은 숙제가 남아있군요.”

“아아, 맞소. 마초와 마대…”

“제가 직접 가서 그들을 설전으로 굴복시켜 보겠습니다.”

“할 수 있겠소?”

“예, 다만 조운을…”

“조운은 그냥 챙겨가시오. 허락하는 것도 지겹구려ㅋㅋ”

“감사합니다. 유비님ㅋ”

제 12 장
한중 공방전

　제갈량은 마초의 진지에 조운을 데리고 들ㅈ어갔다. 이것저것 요리조리 설명을 했더니 마초가 곁에 있던 조운을 보다가 내기를 걸었다.

　"난 쎄고 빨라! ㅋ 저자가 날 이기면 유비님 곁으로 가겠소!"

　"조운, 마초님을 상대해줄 수 있겠소?"

　"문제 없습니다. 덤비시길!"

　이로써 승부를 위해 둘 다 말을 박차고 일어났다. 조운도 만만치 않았지만 마초의 창술도 기가 막혔다. 그들은 100합을 채우더니 서로 지쳐 뒤로 밀려나 휴식 시간을 가졌다. 그 다음 또다시 100합… 정말이지, 대단한 장수들이다. 도합 200합을 싸운 마초가 꽤나 지쳤는지 숨을 차며 말했다.

　"하아, 하앙(?)… 유비님 곁으로 가겠소!"

　마초와 마대는 유비측으로 귀순했고, 그들이 성도성 앞에 서서 자기들이 이미 유비측으로 넘어갔음을 보여주었다. 이에 유장은 더 가망이 없음을 알고 항복 의사를 밝혔다. 안그래도 파쇄차로 삽입하려 했던 유비였으나, 항복을 받아내어 매우 기뻐했다. 촉을 먹을 의사가 전혀 없다고 해놓고 이제와선 좋아하니, 유비는 참으로 병맛스런 존재였다ㅋㅋ 하여튼 유비가 익주를 취했으니, 이제부터는 촉나라로 불려도 이상할 게 없었다.

　　　　· · · · · · · · · · ·

　허도 회의장, 위나라 책사들 사이에서는 조조를 위공으로 임명하는 게 바람직하다는 의견이 새어 나왔다. 대부분의 책사들이 찬성하는 가운데, 오직 순욱만이 반대 의견을 꺼냈다.

　"시발! 지금 헌제님도 안 계시는 마당에 위공이라니? 당신들 미쳤소?"

이 회의장에서 나오는 의견들을 숨어서 스마트폰으로 생생히 전해 듣던 조조는 심히 빡쳤다. 위공이 될 가능성이 높았으나 억대 연봉인 순욱의 설전으로 전부 박살났기 때문이다. 이에 조조는 다음날에 순욱에게 도시락을 보냈는데, 순욱이 열어보니 빈 도시락이었다. 순욱은 조조의 뜻을 잘 파악하였다.

"조조님께선 나보고 도시락 싸오라고 하시는 거구나! ㅎㅎ"

다음날, 순욱이 아무렇지도 않게 회의장에 참석했고, 조조는 애석했다.

'이것이 끝까지 살려고 발악을 하는구나…'

결국, 순욱은 여건에게 붙잡혀 회의장 바깥으로 나가 사형만을 기다리고 있었다. 조조가 순욱에게 말했다.

"순욱이여, 그렇게 왜 위공에 대해 반대를 했소? 난 그것부터 알고 싶소만."

"애초부터 저는 조조님의 신하가 아닌, 한나라의 신하였습니다. 위촉오가 한나라를 저버리는 짓은 저에게는 불행, 조조님이라면 한나라를 위해 움직일 줄로만 알았습니다만, 그것은 아니었군요. 얼른 저를 죽여주십시오. 각오는 되어있습니다."

"얘들아, 순욱을 풀어주거라!"

여건이 갸우뚱했으나, 조만간 풀어주었다. 조조가 순욱에게 선택의 길을 제시했다.

"자살하고 싶거든 자살하고, 억대 연봉으로 계속 일하고 싶거든 일해라. 순욱, 물러가거라."

"예."

다음날, 순욱의 저택에는 순욱의 시신이 있었다.

· · · · · · · · · · · ·

어느날, 오나라의 노숙이 촉나라 성도성에 찾아왔다. 그 내용이란 형주가 자기 것이 아니냐는 것이다. 때마침 형주의 주인 유기도 죽었으니 말이다. 그래서 유비는 한 가지 제안을 했다.

"강하, 장사, 계양을 손오에 드리도록 하겠습니다. 어떻습니까?"

"아니, 우린 형주의 전 영토를…"

"아잉ㅋㅋ 좀 바주세여ㅋㅋ"

"아, 아아… 알겠습니다. 그럼 물러나도록 하겠습니다."

노숙이 자리를 뜨자, 제갈량과 방통과 풉 하고 웃어댔다. 제갈량과 방통이 유비에게 말했다.

"굉장한 애교였습니다?"

"저도 이런 스킬을 배우지 않으면 안 되겠군요."

이에 유비도 웃어가며 말했다.

"야이 자식들아ㅋㅋㅋ 너희들 한대씩 맞을래?"

이때, 전령이 날아왔다. 조조군이 한중을 공략한 뒤에 촉나라로 밀고 내려오고 있다는 것이다. 가맹관에서 곽준과 맹달이 막아주고는 있지만, 이것은 매우 급박한 소식이었다. 유비는 장수를 편성해서 각지에 파견했다. 마초군은 조홍군과 라운드 원 파이트를 진행하였고, 생각보다 둘 다 막강하여 병사수가 비슷하게 줄었다. 하지만 마대가 옆에서 치니 조홍이 후퇴하며 소리쳤다.

"좌절감이 사나이를 키우는 것이다!"

한편, 장비와 뇌동은 장합과 맞섰다. 장합이 뇌동과 몇 번 겨루다 도망칠 때, 뇌동은 ㅋㅋㅋㅋ 뭐야 개허접이네ㅋㅋ 하면서 장합을 추격하다가, 매복해있던 장합군에 의해 시ㅋ망ㅋㅋ 하였다. 장합군은 그 이후에는 자기 진지에 돌아와 수비만 하였다.

장비와 장합의 전선에서 장비 측이 불리하다는 것을 안 제갈량과 방통이 합심하여 의논한 결과, 위연을 보내기로 하였다. 위연이 장비의 진영에 들어왔고, 장비가 간단히 설명하였다.

"저 세 개의 진은 장합의 진이오. 그리고 가끔씩 우릴 도발하다가 저쪽으로 도망치다가 매복된 궁사수로 일제사격을 하는 식으로 잡아내니, 방법이 서질 않소이다."

"흠, 장비님. 이렇게 하는 게 어떻습니까?"

"제가 사실 술을 가지고 왔습니다. 그 다음은…"

"오오, 이 전략으로 장합을 발라버립시다!"

"그럽시당!ㅎㅎㅎ"

다음날 아침, 장합은 높은 진채에서 아래에 있는 장비의 진채를 쭉 훑어보았는데, 놀라운 광경을 보게 되었다.

"시발! 커억, 취한다!"
장비는 술을 마시고 있고, 그의 앞에서는 두 병사가 씨름을 하고 있었다.
"이게 미쳤나ㅋㅋㅋㅋ 다들, 내 명령만을 기다리고 있어라. 조만간 싸움이 있을 것이다!"
장합의 생각은 나쁘지는 않았다. 다만 너무나도 쉽게 전략에 말려든 것뿐이다. 야습한 장합이 장비의 진지에 먼저 들어가서 몸을 찔렀으나, 그것은 짚으로 된 것이었다. 장합이 바깥에 나왔을 때에는 이미 사방으로 둘러싸여 공격을 받는 중이었다. 장합이 철수 명령을 내려 진 채로 돌아오는 것도 위연이 모두 점령하고 있어서 한발 늦었다.
위나라 조홍의 회의장, 중요한 곳을 내준 장합에게는 쓴소리를 하지 못했다. 왜냐면 자기 자신도 관ㅋ광ㅋ당했기 때문이다. 장합이 조홍에게 의견을 냈다.
"조홍님, 저에게 5천의 군사만 내주시면 가맹관을 빼앗도록 하겠습니다."
"ㄹㅇ?"
"ㅇㅇㄹㅇ"
"좋다! 그렇게 하시오."
"감사합니다!"
병사수를 늘린 장합이 파죽지세로 가맹관까지 밀고 들어갔다. 얼마나 사기가 대단한지 자기 목숨이 아깝지도 않다는 듯 전투력이 대단했다. 그때였다. 마초 일행이 가맹관에 이르렀고, 성문 바깥으로 나오자마자 서량의 창법으로 장합군을 쓸어버렸다. 장합은 마초와 마대를 보자 무서움을 느꼈지만 끝까지 싸우기로 마음먹었다.
이에 마초는 일기토로 제압하기로 마음먹었다. 장합에게 순식간에 말을 박차고 달려 접근했다. 장합도 자기 상대가 마초라는 것은 알고 있었다. 50합 경과, 마초는 장합의 창을 떨어뜨리고 그대로 포획했다.
"마맹기, 장합을 포획했다!"

조조군의 사기가 갑자기 급 하락했고, 오와 열을 갖추지 못한 채 급히 도망쳤다. 유비군의 승리였다. 마초의 진영으로 위나라의 사자가 들어왔는데, 장합을 속히 풀어달라는 전갈이었다. 하지만…

「푸슉!」

대화를 하지 않는 마초였다. 사자는 몸이 두 동강 났다. 마초는 결의했다.

"나는 우리 아버지와 이웃사촌들의 죽음을 용서하지 않는다! 그러므로 나는 조조의 병사들, 조조의 장수들, 조조의 책사들, 모두 초죽음이다!"

마대도 곁에서 외쳤다.

"마씨 집안의 영광을 위하여!"

· · · · · · · · · · · ·

서량, 마등의 저택, 마등은 여전히 병상에 누워있었고, 이곳에 누군가가 들렀다.

"한수… 왔구려…"

"아아, 왔지. 마등이여…"

"마초와 마대, 방덕이 나를 보러 왔다 갔소. 나를 데리고 가겠다고 해서… 나는 방해만 될 것 같아서 만류했지."

"그렇군. 난 마초에게 내 팔 하나가 잘렸소. 뭣 때문에 온지 이제 잘 알겠지?"

"복수… 인가."

"잘 가시오. 마등."

"그래, 나의 영원한 벗인 한수여."

「푸슉!」

"기본팔기, 한수! 마등의 목을 벴다!"

"기본팔기, 만세!"

한수를 포함한 기본팔기는 계획대로 한중 공방전을 위해 한중으로 이동했다.

"헤드 샷! 더블 킬!"

한편, 황충군과 엄안군은 법정의 지휘에 따라 천탕산을 신나게 털고 있었다. 그중에서도 황충의 활솜씨가 돋보였고, 엄안은 하후덕을 초박살내고 있었다. 결국, 하후덕은 엄안의 창에 안드로메다로 관ㅋ광ㅋ 당했다. 그 다음 목표는 정군산, 하후연이 조홍과 같이 지키고 있는 장소였다. 정군산이 너무나도 높음을 실감한 황충이 자기도 모르게 욕을 내뱉었다.

"시발!"

그때, 정군산 위쪽에서 화살 하나가 날아왔다. 이에 황충도 화살로 응답, 서로의 화살이 튕겨졌다. 정군산을 보아하니 하후연임이 틀림없었다. 하후연이 황충에게 말했다.

"뭐야, 황충이잖아. ㅎㅎ 나 화살 잘 날림, 아마존 모름? 다 내가 모티브 된 거임!ㅋㅋㅋ"

"똥강아지 새끼가 입 놀리는 건 수준급이구나. 언제 한번 일기토도 해보자꾸나!"

"ㅇㅋㅇㅋ 어차피 내가 이기겠지만 ㅎㅎ"

황충군 진지, 황충은 법정과 엄안에게 조언을 구했다. 그러나 엄안은 황충보단 지력이 후달려서 별다른 조언을 하진 못했고, 법정이 황충에게 명조언을 했다.

"이는 바로 손님이 주인이 되는 계책, 이것을 반객위주책이라 합니다. 그리고 또 다른 전략은… 이를 사용하심이 어떠신지."

"헐 시바! 개쩌시네여 법정님ㅋㅋ"

"맨날 공부만 하면 안 되는 게 없습니다. 공부 좀 하시길ㅋ"

"시발 부끄럽구려. 내가 법정님에게는 머리로는 한발자국도 못 미치는 것 같아 아쉽소."

"우선 지금은 대낮이지만 병사들에게 인수인계도 할 겸 내일에 실행에 옮깁시다."

"음, 좋소!"

. . . .

하후연의 진지, GOP를 서고 있는 병사가 다음 날이 되자 뭔가 달라짐을 느꼈다. 그는 하후연에게 당장 달려가서 보고했다.

"하후연님! 하후연니미!"

"니미…? 너 그거 잘못 말한 거겠지?"

"ㅈㅅ 잘못 말했음여… 지금 큰일입니다! 황충 그 녀석의 진지가 우리 정군산의 진지와 가까워졌습니다!"

"음? 어디 가서 보자!"

하후연이 보기에도 확실히 진지의 위치가 바뀌었다. 하지만 하후연은 심각하게 생각하진 않았다.

"우선 만반의 준비를 갖추어라. 혹시 있을 기습에 대비한다!"

그때, 상공에서 어떠한 목소리가 들렸다.

"이미 늦었다. 하후연! 반객위주책은 훼이크였다!"

헬기에서 공수부대로 투하된 황충이 사방으로 화살을 날렸고, 이에 많은 병사들이 전사되었다. 하후연이 황충을 향해 화살을 날렸지만, 중력의 법칙에 의해 황충은 맞지 않았다. 하후연은 도망가다가 황충의 화살 15발을 맞고 쓰러졌다.

"적장을 쓰러뜨렸다!"

황충군은 정군산을 점령했다! 황충군은 신이 난 나머지 저녁때까지 비무장 상태로 돼지갈비를 해 먹으며 축제 분위기를 즐겼다.

· · · · · · · · · · · ·

그때였다. 황충군이 점령했던 천탕산으로 파견된 조조군이 있었다. 그들은 바로 하후돈 일행이었다. 하후돈은 눈을 부릅뜨며 보고를 받았다.

"그래, 묘재가 죽었구나… 으으으… 내가 모든 유비군을 모조리 발라버리겠다!"

이때 당시에 천탕산에는 조운과 장비, 위연이 배치된 상태였다. 하후돈은 생각했다.

'아 시바 또 전적상 발리겠네ㅋㅋ 그래도 한번 멋있는 모습 보여주고 퇴각해야지!ㅋㅋ'

마침 조운, 장비, 위연이 달려오고 있었다. 그런데 뜻밖에도 하후돈은 밀리는 기색이 없었다. 위연이 아웃되고, 조운과 장비가 하후돈과 2:1를 벌이는데도 불구하고 말이다… 놀란 하후돈이 발설했다.

"어, 나 뭐지? 이것이 바로 기적인가?"

"?"

"?"

"다 덤벼 개색기들아 ㅋㅋ 너희는 이제 죽은 목숨이다! 이게 바로 각성이다!ㅋㅋㅋㅋ"

진짜로 각성의 위력은 엄청났다. 조운 아웃, 장비 아웃… 세 장수가 겨우 일어섰고, 뒷걸음질하며 하후돈과 맞서고 있었다. 하후돈이 지 꼴리는 대로 말했다.

"힘이… 느껴진다…! 다 뒤져버려라!"

그때였다. 하후돈의 주위를 감싸던 오로라가 사라졌다.

"? 어 뭐지 시발? 힘이 사라진다…!"

이는 바로 호기였다. 세 장수가 하후돈을 금세 덮쳤고, 하후돈은 퇴각하였다. 하여튼 가맹관, 부수관, 천탕산, 정군산까지 모두 차지한 유비는 전력을 재정비하고 양평관을 향해 진격하였다.

· · · · · · · · · · ·

천탕산을 토벌하니 이번엔 또다시 정군산이 털렸다. 한수를 포함한 기본팔기들이 깝치려고 달려든 것이다ㅋㅋ 하지만 그들은 양학 대상, 오합지졸이었다. 마초가 그들을 순ㅋ삭ㅋ 함으로써 정군산 전투도 승리로 마무리되었다.

조조군 서부 전선이 생각보다 잘 안 풀린다는 것을 감지한 조조는 유비와 마찬가지로 병력을 재편성, 한중에 소규모의 병력을 위치하였다. 그리고 그 앞에 있는 양평관에는 대규모의 병력을 위치시켜 유비와 싸울 준비를 끝마쳤고, 양평관 성곽, 조조군의 진영에는 한때 마초의 부하였던 방덕의 모습도 보였다. 마초가 그를 향해 소리쳤다.

"방덕! 이제 그만 촉나라로 오시오! 당신의 주인은 바로 나요!"

"나는 조조님에게 복종하기로 마음먹었소이다. 이젠 조조님이 나의 군주! 더이상 혼란스럽게 하지 마시오!"

"그럼 방덕! 전장에서 보도록 합시다."

"좋습니다, 마초님."

양측은 일자진으로 나란히 서서 대치 중이었다. 그 와중에 유비와 조조가 서로 앞으로 나와 설전을 벌였다.

"유비, 감히 한실을 우롱하다니, 네가 그러고도 군웅이라 할 수 있겠느냐, 귀 큰 당나귀야!"

"닥쳐라! 한실의 역적 주제에! 나는 헌제님의 식구인 유황숙이다! 너나 꺼져라ㅎㅎ"

"으으, 모두들! 저 유비 새끼를 생포하라!"

조조 라인업은 하후돈, 조홍, 조창, 여건, 서황, 방덕, 허저, 가후, 순유였고, 유비 라인업은 제갈량, 방통, 장비, 조운, 마초, 마대, 엄안, 황충, 유봉, 맹달, 법정이었다. 그들은 죽어라 치고받고 하였으나, 이기는 쪽은 유비군이었다. 조조군은 자동차부대를 모두 소진하고 양평관 내부로 들어갔지만, 유비의 공수부대가 또다시 공습해오니 성곽을 제대로 지켜낼 수가 없었다. 이에 조조는 선언했다.

"에잇, 철수다. 철수! 내 다신 한중에 손대지 않으리라!"

한중 공방전은 유비군의 승리였다. 이번엔 정면 싸움에서 승리했다는 데에 의의가 있다. 유비의 책사들이 대거 한중으로 오더니 한중왕이 되길 권했다. 유비는 어차피 반대할 거야. ㅋㅋ 그런데 이번엔 달랐다.

"음, 그것도 나쁘지 않겠군. 좋소. 한중왕이 되겠소!"

이럴 수가! 유비는 진화한 것이다. 더 착한 유비는 없었다.

· · · · · · · · · · ·

"좋소. 신 조조, 위왕이 되겠소!"

조조는 허도로 가자마자 귀신 씨나락 까먹는 소리를 하고 있었다. 이에 순유가 반박했다.

"안됩니다, 조조님!"

"뭐시라? 얘들아, 저 순유 놈을 설전으로 짓눌러라!"

"예 ㅋㅋㅋㅋ"

이에 동소, 화흠과 같은 사람들이 순유를 항변하여 묵살내었다.

순유는 자기 저택에 가더니 10일 뒤에 화병으로 인한 사망을 하였다. 그때 조조는 아차 싶었다. 순유를 고이 장사지내고 당분간은 위왕이 되지 않기로 하였다. 그때 전령이 왔다.

"유비가 한중왕이 됐음을 아뢰오!"

이 소식에 조조는 개빡쳤다.

"유비 이 개새끼가! 아주 선수를 치는구만! 우금!"

"예, 조조님."

"너는 방덕과 같이 번성으로 이동한 뒤 내 명령만 기다려라."

"알겠습니다, 그렇게 하겠습니다."

"가후!"

"예, 조조님."

"오나라에 가서 구시렁 구시렁…"

"좋은 방안이군요. 잘 알겠습니다."

············

양양성 회의장, 그동안 형주를 잘 지키고 있던 관우에게 서서가 이르렀다.

"관우님, 염려하지 않으셔도 됩니다! 우리 유비군이 익주의 모든 지역을 되찾았습니다!"

"오오 시발! 그거 잘됐소이다!"

"그리고 이제 남은 것은 중원과 오나라뿐인데…"

"음? 뭐 할 말이 또 있소?"

제 13 장
형주 공방전

 결국은 또다시 마음이 달라진 조조는 위왕이 되기로 했다. 반대만 하면 항상 건강이 온전하질 못하니, 이제는 그 누구도 반대를 하질 못했다. 손책과 조조는 형주를 원하고 있었고, 둘의 의견은 그대로 맞아 떨어졌다. 조조는 번성에 조인과 만총을 포진시킨 상태였고, 주유는 강하에 장수를 대거 포진한 상태였다. 이러한 정황에 촉나라에 들렀다가 돌아온 서서는 관우에게 한 가지 팁을 주었다.

"제갈량과 방통, 그리고 저의 지시입니다. 위로는 조조와 맞서고, 동으로는 손책과 화친해라… 이상입니다."

"손책은 아직 우리의 동맹일 텐데, 손책을 조심하라는 것은 무슨 소리요? 내가 위나라를 공격하면 오나라가 우리 형주를 공격한다는 뜻이오?"

"그런 뜻으로 받아들일 수 있겠지요."

"하긴, 조조군도 만만치 않고 손책과 주유도 무시할 순 없지. 그리고 또 다른 지시는?"

"번성을 미리 공격하는 것입니다. 관공이 그렇게 하시면 위나라든 오나라든 간에 무서움을 느끼고 형주로 직접 공격하진 않을 것이다."

"허허, 하긴 그렇겠구려. 또 다른 조언은?"

"상용성에 유봉과 맹달이 도달하여 점령한 상태입니다. 만일 하여 형주가 위험에 빠지면 그들에게 사자를 보내 도와달라고 요청하십시오. 그리고 영안성에는 조운과 엄안이 있으니 영안성 쪽도 사자를 보내시면 됩니다."

"음, 또 다른 건?"

"유비님이 한중왕이 되셨습니다."

"오오오…! 기쁜 소식이군."

"그리고 오호대장군으로 관우님, 장비님, 조운님, 마초님, 황충님, 이렇게 5인을 지정하였습니다. 축하드립니다. 관우님!"

"음! 내가 첫째라니, 이것 또한 기쁘군!"

"자, 그러면 슬슬 번성의 조인을 구워 먹으러 갑시다."

"그럽시다ㅋ"

관우군은 재정비하고 번성으로 떠나기 전에 형주 곳곳에 봉화대를 설치하였다. 그것은 바로 오나라가 형주 뒤통수칠까 봐 염려해서였다. 그런데 그것보다 더한 것이 있었다.

"야이 씹새끼야! 뒤지고 싶냐?"

바로 군수물자를 담당하던 미방과 사인이 실수로 군수물자를 불태운 것이다. 관우가 이들을 관광하려 했으나 주변의 장수들이 말림으로써 결국 죽는 것만은 면했다.

양양성 회의장, 조인과 만총이 놀라웠던 것은 관우가 비 오는 날을 이용해 번성으로 수공을 했다는 것이다.

"으아아아아 시발!"

조인이 이런 난처한 상황에 할 수 있는 말은 시발밖에 없었다. 그때였다. 자유형으로 관우군에게 다가가는 두 장수와 병사들이 있었다. 바로 우금과 방덕이라는 장수였다. 관우가 소리쳤다.

"저 새끼들은 누구냐? 간탱이가 부어도 존나 부었네ㅋㅋ"

주창이 이에 답했다.

"수전은 제가 전공, 저 녀석들을 사로잡아 오겠습니다ㅋ"

"ㅇㅋㅇㅋ 땡큐 ㄱㅉ"

"흐앗!"

주창과 방덕의 수전에서는 주창이 유리했다. 방덕은 결국 포획되어 지상으로 올라왔다. 우금은 화살 좀 뿌렸더니 기절 상태가되었다.

관우가 주창과 대결했던 그에게 물었다.

"그대는 대체 누구인가?"

"소인은 방덕, 자는 영명이라 하오."

"이 지역 사람은 아닌 거 같군. 안 그런가?"

"그렇소. 소인은 마등, 마초의 휘하 사람이었소."

"……!"

이때, 서서의 동공이 서서히 커졌다. 서서는 관우에게 다가가 관우만 들리도록 진언했다.

'관우님, 마초님과 마대님은 우리 유비군 사람입니다. 이를 이용합시다.'

"음, 방덕이여. 당신의 주인은 죄다 우리 촉나라 사람이오. 그런데도 촉나라에 귀순하지 않는다니, 그 이유가 무엇이오?"

"사실 조조님이 나에게 잘 대해줬기 때문이오. 하지만 유비님 측에 마초님과 마대님이 유비님 측에 있다는 사실은 좀 늦게 알았소. 그래서 함부로 이랬다 저랬다 할 수 없었던 것뿐이오. 나를 데려가 주시오. 관우님!"

"좋소. 방덕님이 우리 촉나라 인재가 된다면 대세가 크게 좌우될 것이오!"

방덕을 꼬신 관우는 조인군이 성 바깥으로 나오기만을 기다리며 우금 데리고 레슬링 기술을 연습하고 있었다.

. . . .

시상성 회의장, 주유는 마음다짐을 하였다. 무슨 일이 있어도 촉나라 형주를 전부 빼앗자고! 그는 형주를 습격하기 전에 건업성에서 주지육림을 실천하던 손책에게 편지 한 장을 보냈다.

「손책, 내가 반드시 촉나라를 발라버리겠다! 믿어만 주게」

편지 한마디에는 기개가 담겨 있었다. 우선 봉화대가 관건인데… 감녕, 능통, 여몽이 장사치 역할을 하여 첫 봉화대에 들렀다. 여몽이 입을 털었다.

"아이구, 오늘까지 집에 가야 하는데, 이 시간으로는 가는 것이 불가능합니다. 어찌 됐든 입소를 허락해 주십쇼."

"흠, 가진 것이 뭐 있나 보고 판단하겠소."

"아아, 예. 마침 술이 있사온데, 대접해 드릴깝쇼?"

"오오! 술이라! ㅇㅋ"

봉화대병들은 술로 꼴았고, 이때 감녕, 능통, 여몽이 봉화대병들의 복장을 스틸, 그대로 입었다. 이건 뭐 히트맨도 아니고ㅋㅋㅋ

그 다음부터는 모든 봉화대가 순차적으로 털렸다. 주유가 이들을 격하게 칭찬하였다.

"감녕! 능통! 여몽! 귀공들의 훼이크는 실로 칭찬할 만하다! 자, 이제 강릉성과 양양성을 털러 가자!"

"예!"

. . . .

번성 바깥 관우의 진영, 관우는 번성에서 조인군이 언제 나오나 계속해서 지켜보고 있었는데, 급한 전갈이 왔다.

"전령! 양양성과 강릉성이 털렸습니다!"

"뭣이!"

이런 말도 안 되는 소리에 관우가 고혈압이 되었다. 관우가 사자에게 계속해서 물었다.

"무슨 얘긴지 자세히 설명하라!"

"예, 봉화대마다 오나라에게 씹털렸습니다. 그 이유는 봉화대마다 술에 낚였단 것입니다. 지금 오나라 군사들이 이쪽으로 쳐들어오고 있습니다. 그리고 미방과 사인이 배반하여 형주 남부를 모두 털었습니다."

"이럴 수가… 강릉성과 양양성이 점령당하면 우리에게 남은 건 맥성 뿐인데… 모두들! 맥성으로 퇴각하자!"

관우는 모든 군사들을 맥성으로 이동시키면서도 이적과 마량, 서서에게는 신속히 성도성으로 가서 구원군을 불러달라고 요청하였다. 그리고 맥성에 입성했을 땐 요화를 시켜 가장 가까운 상용성으로, 상용성에서 원군을 보내준다는 말을 듣고는 영안성으로 이동하여 조운에게 원군을 불러달라고 지시했다. 나름 관우로서는 최선의 방책이었다.

하지만 서황군이 갈 길을 막아댔다. 워낙 조조군 병사들이 많았기에 관우군은 도망치기 바빴다. 맥성에 갇힌 관우군은 관우, 왕보, 조루, 관평, 주창, 방덕이 있었다. 이미 사방에는 오나라 군사들로 가득했다. 발석거가 계속해서 맥성을 압박했다. 이대로 계속 있다가는 관우군은 전멸이다. 이에 왕보가 의견을 내었다.

"지금 우리는 도망칠 도리가 없습니다. 항복이 제일입니다."

관우가 한숨을 내뱉었다. 평소 같았으면 간웅을 뱄던 그 순간을 떠올려서 왕보 또한 죽이려 했겠지만, 이번엔 정말로 답이 없었다. 항복론에 대해 관평이 반박하였다.

"무슨 소리십니까! 원군은 오고 있을 것입니다! 그때까지만 참고 견디면 됩니다. 왕보님, 약한 소리 하지 마시구려!"

"흐으… 죄송합니다."

이번엔 조루가 다른 제안을 내놓았다.

"상용성을 향해 닥치고 가는 게 어떻습니까? 맥성에만 있다가는 우린 전멸할 것입니다. 어떻습니까?"

이에 주창도 찬성했다.

"저도 동감입니다. 혹시 모르는 것이니 맥성에 남는 사람은 남고 나머지는 상용성으로 향해 튑시다."

관우, 관평, 주창, 왕보, 조루, 방덕,

"데덴찌!"

이리하여 관우와 관평, 조루만 상용성으로 도망치기로 결정하였다. 관우와 관평이 말을 박차고 나아가 서쪽으로 내뺐다. 그런데 오나라 군사들이 모조리 뒤로 빠지는 게 아닌가. 이상하단 생각은 들었지만, 어차피 뚫린 게 길이라, 관우 부자는 그쪽으로 쭉 전진했다. 갈대밭에 이르렀을 때 갑자기 양쪽에서 극 세례가 이루어졌다. 결국, 관우 부자는 전부 포획, 오나라에 맥성 앞에 잡힌 그 모습을 보이자 주창, 왕보, 조루 모두 자살하고 방덕은 끝까지 맥성에 남아 싸우다 숨졌다.

시상성 회의장, 손권 앞에 관우와 관평이 밧줄을 한 채로 당도했다. 손권이 흐흐 웃더니 관우를 향해 제안했다.

"관공, 우리 오나라는 당신 같은 인재가 필요합니다. 모쪼록 생각해보시길 바랍니다."

"야이 동오의 쥐새끼야! 내가 너희 편에 들것 같으냐!"

"시발… 무엇 하느냐, 이 새끼를 죽여라!"

그 다음은 관평 차례였다.

"나는 촉나라의 신하여서 너희들…"

"죽여!"

"야이 동오의 쥐새끼야! 아버지만큼의 발언 타임은 줘야 할 것 아니냐!"

"닥치고 죽여!"

"어허, 시발새끼가 따로 없구나! 천국에 가서도 너를 영원히 비웃을 것이다!"

"닥치고 죽여!"

"동오의 쥐새끼야! 닥치⋯"

손권은 관우의 시신만을 가지고 이를 위나라로 보냈다. 왜냐하면, 위나라의 조조가 이를 바랬기 때문이다. 허도 회의장, 조조는 당도한 관우의 시신을 관찰하며 말했다.

"음, 관우여. 나와의 인연은 엄청났지ㅋㅋ 마치 스릴러와 같은⋯"

그때, 관우의 눈이 떴다.

"오메메메, 시부랄! 관우, 관우가 살아났다!"

순간 조조가 큰소리를 내며 기절했다.

제 14 장
이릉 공방전

 허도, 조조의 저택. 조조가 쓰러졌다는 소문을 듣고 수도 근처에서 근무하던 대부분의 장수들이 조조를 뵈러 찾아왔다. 그러나 놀라워하는 것은 쓰러진 그였다.
 "… 응? 늬들 왜 찾아왔음? 나 무사함ㅉㅉ 이게 다 할리우드 액션임!ㅋ"
 사실은 이러했다. 조조가 쓰러졌다는 소식을 들으면 손책과 유비가 안심하고 서로 싸우도록 유도가 될 것이고, 그때 위나라가 양쪽을 모두 공격하여 모든 땅을 먹겠다는 속셈이었다. 역시나 조조는 간웅이었다. 하지만 위나라 억대 연봉 체제도 슬슬 박살이 났고, 머리가 조조로부터 나오니 위나라 측에선 책사 라인도 무사진 못하다. 죄다 놀고 싶어서 안마방 가는 체제라는 뜻이다.ㅋㅋ

············

 한편, 오나라와 형주의 사정을 모르는 서서, 이적, 마량이 성도에 가서 유비를 만났다.
 "큰일 났습니다. 관우님이 현재 오나라에 의해 무사하지 못하십니다. 서둘러 원군을 보내주십시오!"
 이에 격분하는 건 누구보다도 으뜸인 장비였다.
 "뭐라고! 성님이!"
 유비는 의외로 진지한 표정이었다.
 "그래, 자세히 설명해다오. 얼른!"
 이에 서서가 나서서 말했다.
 "형주 곳곳에 설치해둔 봉화대를 오나라가 뚫었습니다. 현재 관우님이 계실만한 곳은 아마도 맥성입니다."
 "이럴 수가… 이렇게 빈틈을 줄 관우가 아니건만… 전군! 전투태세를 갖춰라! 오늘 내로 맥성을 향해 떠나겠다!”

그때, 요화가 황급히 성도성 안, 황궁에 도착했다. 우사인 볼트마냥 최고 스피드로 도착한 요화가 유비에게 사태의 시급함을 알렸다.

“한중왕! 큰일입니다. 관우님이, 관우님이!”

“관우가 어떻다는 것이냐! 상세히 보고하도록!”

“저는 성도로 오기 전에 상용성, 영안성을 거쳐서 왔습니다. 그런데 웃긴 것이 상용성의 유봉과 맹달입니다. 그들에게 관우님의 위급함을 알려주어도 함부로 움직이지 않더군요. 이에 비해 영안성의 조운과 엄안은 그 소식을 듣자마자 금방 출발태세를 갖추었고, 저는 그 이후에 혹시나 서서 일행이 이곳에 늦게 도달할까 봐 여기까지 왔습니다.”

이에 유비가 박수치며 말했다.

“100점! 자, 슬슬 출발해보자!”

“전령!”

그때, 사자가 당도했다.

“관우님과 관평님, 기타 장수들이 전원 사망했음을 아뢰오!”

“하아······”

관우가 살아있음을 내심 기대했던 유비는 한숨을 쉬었고,

“뭐라고? 시발? 관우 형님이!? 시발 당장 오나라로 쳐들어갑시다!”

장비는 분노 상태가 되었다. 이에 유비가 답했다.

“맞는 말, 지금 오나라를 관광시키러 가자꾸나! 전군, 출발!”

그때, 어딘가에서 큰소리가 울려 퍼졌다.

“지금은 안됩니다!”

바로 제갈량이었다. 그는 자신이 반대하는 이유를 간단히 설명하였다.

“지금 오나라를 친다면 위나라만 이득입니다. 촉과 오가 싸운다면 누가 좋겠습니까? 바로 위나라란 말입니다.”

“미안하오, 제갈량. 하지만 이번엔 당신의 말씀을 무시할 수밖에 없을 것 같소. 우선 상용성에 있던 맹달과 내 아들 색기부터 털어

야겠군."

· · · · · · · · · · ·

"이런 시바라마!"
 상용성, 회의장. 자신에게 촉나라의 군대가 온다는 사실을 첩자
를 통해 안 유봉이 맹달에게 멱살을 잡으며 말했다. 그런데 이때
맹달의 말이 압권이었다.
 "우리 그냥 위나라로 투항합시다. 솔직히 위나라가 제일 세잖
소?"
 "무슨 소리요? 이 몸은 유비님의 양아들, 어찌 위나라로 갈 수
있겠소?"
 "그럼 나만 갈까?"
 "지금 뭐라고 했소?"
 "그럼 나만 갈까라고 했소이다."
 "이 새끼가 미쳐가더니 결국 돌았구나. 저번엔 유장 편에서 유
비 편으로 들더니 이번엔 조조의 편으로 들겠다고?"
 "그렇소. 난 미쳤소. 그러니 조조 편으로 가겠소."
 "이것이!"
 이에 따라 유봉군과 맹달군 두 갈래로 나뉘었고, 결국 유봉군의
패배로, 유봉 혼자서 이릉성 주변에서 싸우던 도중의 유비에게
달려갔다. 유비가 혼쭐냈다.
 "난 너 같은 녀석을 아들로 둔 적 없다! 여봐라, 이 녀석을 처형
시켜라!"
 "아, 아버지! 흐흐흑…"
 "죽여! 얼른! 꼴도 보기 싫다!"
 "아버지, 한 번만 더 기회를 주십시오!"
 "지랄."

· · · · · · · · · · ·

 오나라 시상성 회의장, 손권이 단상을 치며 주유에게 말했다.
 "이런 시발! 나한테 쥐새끼란 별명까지 새기더니, 이번엔 촉나라

대부분의 군사가 우리 영토로 쳐들어오다니! 주유!"

"예, 손권님."

"유비군 바를 준비는 충분히 되겠지?"

"현재 유비군은 시발노무새키들 뿐입니다. 충분히 바를 수 있으
니 기대해주십시오. 그리고 이번엔 새로운 장수를 얻었습니다."

"오오, 그게 누군가?"

"육손, 나와 보거라!"

그때, 회의장 바깥에서 안으로 들어오는 인재가 있었다.

"육손 백언, 손권님을 뵙습니다."

"오오, 주유만큼 존잘남이구만. 믿음직하겠소."

"현대 세대는 잘생긴 남자들이 세상을 지배하니 말이지요.
ㅋㅋ육손, 가자!"

"네, 잘생긴 주유님."

"허어, 아부 쪄네ㅋㅋㅋㅋ"

"ㅋㅋㅋㅋ"

· · · · · · · · · · ·

이로써 촉나라와 오나라는 이릉에서 싸우게 되었다. 이릉성에는
손환과 주연이 버티고 있었고, 촉나라 군대는 이릉성을 포위한
채 여름 날씨에 대비해 숲 안에 숨어들었다. 이러한 사실을 파악
한 육손이 주유에게 다가가 보고했다.

"현재 촉군은 숲 안에서 넓게 퍼져 있습니다. 화공을 가하는 게
좋을 것 같습니다."

"근데 말야 너…"

"네?"

"내 전공을 빼앗지는 마라. 현기증 나니까."

"아, 예. 죄송합니다."

"지금 이 화공도 내 공적이다. 이것도 빼앗진 말아라."

"예, 죄송합니다!"

"좋아. 그럼 실천에 옮기자!"

"그 전에 말입니다…"

"……?"

············

이릉성 주변 유비군 진영, 제갈근이 유비의 진영에 도달해 마지막으로 독촉했다.

"오나라와 촉나라가 싸우면 좋은 것은 위나라 뿐입…"

"꺼지삼ㅎㅎ"

"반드시 후회할 것입니다."

공군과 수군도 황권이 지배하고 있고, 육군도 유비 측이 지배하고 있다고 생각하여 마음이 놓인 유비는 가끔 술 한 잔을 하고 있었다. 대상은 유비와 장비, 둘은 관우가 죽었다는 사실이 아직도 믿어지지 않았다. 장비가 아우성을 냈다.

"시발! 성님! 관우 형님이 왜 돌아가셨는지 도대체 난 모르겠소! 커억!"

"그래, 시발ㅋㅋㅋㅋ… 장비야, 우리, 신나게 울어보자! 관우가 없으니, 울어보자! 돌아오지 못할 영혼이니, 울어보자!"

"커억! 성님!"

"장비야! 흐흑흑…"

그때였다. 곳곳에서 불화살이 날아오더니 여러 진채에 불이 거세게 붙었다. 그것도 동풍이라 화계의 위력이 엄청났다. 황충이 맞상대하던 상대는 바로 감녕이었다. 황충은 공수부대로써 감녕을 계속해서 저격하였는데, 감녕의 말도 안 되는 점프력이 황충을 척살했다. 이어서 주연이 황권의 수군을 모조리 몰살시켰고, 주유, 여몽, 육손, 한당, 능통이 육군을 이끌어 유비군을 마비시켰다. 장비가 유비에게 권했다.

"형님! 먼저 도망가슈, 내가 모조리 묵살내겠소!"

"안된다, 장비야! 너마저 보낼 수는 없다!"

"형님! 윽!"

이때, 화살 하나가 날아와 장비의 가슴에 그대로 꽂혔다.

"익덕!"

"형님! 제발 부탁이니… 제발!"

"으, 시발! 살아 돌아오거라!"

그때, 누군가가 등장하였다. 그는 바로 조운, 말을 박차고 달려 나가 여몽을 창으로 죽이고, 반장을 청공검으로 끔살하였다. 이때 얻은 것이 바로 청룡언월도이다. 이건 뭐 RPG도 아니고ㅋㅋㅋ 어쨌든 조운의 활약은 신급이었다.

"주공! 소인, 조운 등장입니다!"

"오오, 조운! 지금 장비가 위험하오. 난 먼저 영안성으로 갈 테니 데리고 와주시오!"

"알겠습니다! 장비님, 우선 화살부터…"

"으으윽…"

"심한 상처는 아니군요. 자, 유비 님한테 따라갑시다!"

. . . .

영안성, 회의장. 영안성을 지키고 있었던 엄안이 리스트를 발표하였다.

"사망자, 미축, 풍습, 장남, 황충, 유봉, 그리고 투항자, 맹달, 미방, 사인, 황권, 이상."

영안성으로의 후퇴는 촉나라 세력의 쇠퇴를 의미한다. 이러한 상황에서 제갈량, 방통, 서서는 어떠한 활약을 할 것인가.

제 15 장
위나라 총공격전

 촉나라 성도, 황궁. 유비를 더불어 모두가 이릉 전투에서의 패배를 실감했다. 앞으로는 오나라에게 깝치지 말아야겠다고 여겼다ㅋㅋ 이로써 오나라 영토는 강남과 형주 둘 다, 촉나라 영토는 익주 뿐이 되었다. 장비의 상처는 그다지 크지 않았다. 단지 안타까운 것은 황충의 전사 소식이었다. 제갈량이 말했다.
"제가 뭐라 그랬음?ㅋㅋ 가면 안 된다고 하지 않았음?ㅋㅋ"
"닥쳐라, 제갈량!"
"깨갱……"
"우선 우리가 오나라를 안드로메다로 보내는 능력은 부족하니, 오나라를 치는 것은 그만두고 화친을 해야겠소. 누구 화친을 담당할 자 없느냐!"
 그때, 신참으로 보이는 외교관 하나가 유비 앞에 나서며 말했다.
"소인 등지, 임무를 완수하고 돌아오겠습니다!"
"오오, 말하는 투가 정말 해낼 것 같구려. 믿어줄 테니 완수하고 오시오!"
"예, 믿어주십쇼!"
 유비와 장비는 하루마다 술을 마시고 살았다. 그 이유는 당연하게도 관우의 죽음 때문, 같은 날 같은 시에 죽겠다는 그 말을 실천하지 못한 것이 안타까웠다. 그래서 이번엔 다른 목표, 관우를 죽인 원수, 주유를 암살하는 것이다. 그게 언제가 될지 모르겠지만…ㅋㅋ
"위나라의 조조가 죽었습니다!"
 그때, 놀라운 사실이 밝혀졌다. 간웅 조조가 관우의 시체를 보다가 눈 뜬 것을 보고 죽었다는 소식, 유비가 감탄해 마지않았다.
"운장이 마지막까지 게임을 하는구나! 그럼 당분간은 한중으로 오진 않을 것이다. 오나라나 쳐들어가자!"

그때, 방통이 딱 잘라 말했다.

"안됩니다! 조조가 확실히 죽었는지도 알지 못한 상황에서 오나라를 또 공격한다니… 등지를 화친의 사자로 오나라에 보내지 않았습니까! 지금은 등지를 기다려야 할 때입니다."

서서도 비슷한 의견이었다.

"지금은 오히려 우리가 수비를 해야 하지 않나 싶습셉습…"

제갈량도 다른 책사들의 의견과 별다르지 않았다.

"이러한 작전은 조조가 꾸민 것 같습니다. 우리가 오나라에 또다시 공격을 감행한다면 위나라가 한중으로 공격을 할 게 뻔합니다. 통촉하여 주십시오!"

결국, 유비는 세 책사의 의견에 따라 실행을 중단했다.

· · · · · · · · · · ·

손책군과 위나라 라인, 현재 손책군이 오프사이드 없이 초현, 복양성, 진류성을 점령하고, 허도를 포위하고 있었다. 조조의 갑작스러운 사망 할리우드도 소용이 없었다. 정보와 황개, 동습, 가화, 능통, 태사자, 그리고 손책이 위나라의 조휴, 조홍, 여건, 조비, 가후, 그리고 조조와 대치중이었다. 그때, 촉나라의 사자, 등지가 찾아왔다. 손책이 급하다는 듯 얼른 물었다.

"이봐, 난 지금 바쁘다구! 용건이 뭔데?"

"촉나라와 오나라와의 화친을 원합니다."

"ㅇㅋ 다 같이 위나라 밀어버리세!"

'개쿨하네… ㅅㅂ… 생각이 없는 것인지 단순한 것인지…'

그때 오나라의 군사가 허도를 한번 더 공성하고 있었다. 손책이 외쳤다.

"자, 나의 장병들이여! 공격하라!"

· · · · · · · · · · ·

성도성, 황궁. 사자가 돌아와 유비에게 말했다.

"조조 안 죽었답니다ㅋㅋㅋㅋ"

"ㅋㅋㅋㅋ…"

"그리고 현재 손책군이 허도를 공격 중! 두 세력이 실력을 겨루고 있습니다. 공격하려면 지금이 기회가 아닐지!"

"음! 좋은 소식이오."

그리고 등지도 성도성으로 돌아와 유비에게 말했다.

"손책님은 화친을 받아들였습니다!"

"좋았소. 제갈량과 방통, 서서와 나를 중심으로 병력을 편성한다. 서둘러라!"

이로써 제갈량과 서서, 마량, 마초, 마대, 위연, 이엄이 한팀이 되어 양주를 향해 진군하고, 유비와 방통, 장비, 조운, 엄안, 오반, 장익, 장의가 한팀이 되어 형주의 위나라 영토로 향했다. 유비와 장비가 같은 팀이 된 것은 같이 술 마시려고… ㅋㅋ

하여튼 유비군은 양양성에 도달했다. 양양성을 지키고 있던 자는 조인과 만총이었다. 공성전을 하니 금세 밀렸고, 조인과 만총은 완성으로 후퇴했다. 완성을 지키던 자는 하후돈이었다. 하후돈은 자기를 지원해달라고 조인에게 부탁한 후 요격을 나왔다. 왜 요격을 나왔느냐 하면, 저번에 성공했던 각성을 해서 모두 쓸어버리니 위해서다.

"크아아아앙아아앙아아아! 각ㅋ성ㅋ"

아무 반응이 없다.

"크아아아앙아아앙아아아! 각ㅋ성ㅋ"

아무 반응이 없다.

"이런 시발!"

하후돈이 도망쳐 완성으로 가는 사이에, 이를 따라잡은 장비가 하후돈을 장팔사모로 쓰러뜨렸다. 이에 조조군의 사기가 심각하게 떨어지는 것은 당연한 일이다. 조조군은 다시 뒤로 후퇴하여 낙양성으로 향하다가, 낙양성도 못 지킬 것 같아 허도성으로 향했다.

유비군은 낙양성을 함락시켰다. 제갈량 별동대가 낙양성에 도착한 시간도 지금쯤이었다. 유비군은 제갈량이 손질하여 만든 만두를 먹음으로써 사기를 충천시켰다. 허도성으로 가보니 한창 전쟁 중이었다. 그중에 독특한 싸움법으로 전투를 치르는 용사가 있었으니, 바로 손책이었다.

"손책님!"

"오, 유비님! 우선 진채로 돌아갑시다!"

"좋습니다ㅋ"

손책군, 회의장. 유비와 손책은 허도성을 어떻게 하면 뚫을 수 있을까 하며 노심초사하고 있었다. 손책이 유비에게 말했다.

"실은 우리 손책군이 허도를 노린 것도 한 25번 정도는 되오."

"헐!"

"어떤 방법이 없겠소? 어떻게든 조조만 잡으면 되는데…"

"오오, 손책님도 조조가 살아있다는 것을 아시는군요!"

"저 이래 봬도 강동의 소패왕이오. 내가 그런 것도 눈치 못 챌 줄 알았소?"

"대단하군요.ㅋ 하여튼 이제 저희 군사들도 왔으니 총공격으로 끝냅시다."

"그러고 보니 그렇군. 유비 님은 서쪽과 북쪽에서 공격해주시오. 우리 손책군은 남쪽과 동쪽에서 공격하겠소."

"알겠습니다."

유비군과 손책군의 숫자는 엄청났다. 그것도 전설은 아니고 레전드들 뿐, 파쇄차로 삽입하여 결국 성문이 박살 나고, 촉나라와 오나라가 허도성 안으로 진입했다. 이로써 모든 장수가 잡혔다. 허도성, 회의장. 조휴, 조홍, 여건, 조비, 가후, 그리고 조조를 죽여야 하나 살려야 하나 하며 재판을 하고 있었다. 우선 조홍과 조휴는 쓸모없으니 죽이고ㅋ 여건과 조비는 음… 그냥 죽어. 필요 없을 것 같애ㅋㅋㅋ 오오 가후! 가후는 오나라 쪽에서 가져갔다. 그리고 마지막으로 조조가 남았다. 유비가 조조에게 말했다.

"치세의 능신, 난세의 간웅. 조조여. 우린 오랫동안 라이벌로 여기고 싸우고 있었소. 안 그렇소?"

"음, 유비… 그랬었지. 난 여기서 죽어도 상관없다. 충분히 이룰 것은 이루고 싸웠으니까."

"이미 체념한 듯하군, 조조."

"유비, 네가 날 살려줄 거란 생각은 추후도 하지 않고 있소. 그러니 이런 식으로 말하지."

"난 지금 당신을 살려주려고 하는 것이오, 조조."

" ……? 무슨 소릴 하는 것이오. 효웅이 간웅을 되살리다니. 있을 수 없는 일이오."

"손책님. 조조님은 제가 데리고 가겠습니다. 그래도 괜찮겠지요?"

"헷, 상관없습니다. 맘대로 하시오."

유비가 조조에게 다가가더니 수갑을 풀고 말했다.

"조조님, 관우의 시신은 지금 어디 있소?"

"이미 매장했소. 유비, 당신도 잘 알잖소. 관우와 나의 관계가 어떤지…"

"BL?"(Boy's Love)

"?"

"하여튼 알겠습니다. 관우의 시신이 있는 곳으로 저를 이끌어주십시오."

허도성, 관우의 묘지. 유비와 장비는 조조를 따라 관우의 시신이 있는 곳으로 갔다. 묘지에 다가가니 유비와 장비에게서 눈물이 쏟아지기 시작했다.

"운장… 이럴 수가… 운장!"

"관우 형님, 관우 형님이! 흐흐흑…"

이제 조조군은 전멸됐다. 남은 건 손책 뿐, 유비와 손책은 3개월 기간을 두고 병력을 재편성하기로 합의했다. 유비군은 관우의 시신을 가지고 성도성으로 향했다.

성도성, 황궁으로 돌아온 유비는 생각보다 헌제의 칙령을 적게 활용한 손책에게 감사를 표했다. 뭐 어차피 따르지도 않을 것이지만ㅋ 손책의 세력도 만큼 유비의 세력도도 꽤 넓기 에 신중히 움직여야 할 것이다.

제 16 장
오나라 총공격전

촉나라는 낙양에서부터 파죽지세로 밀고 들어갔다. 화북은 단숨에 제압했고, 중원마저도 손쉽게 밀었다. 손책은 이제야 위급함을 느꼈다. 대교와 소교를 데리고 놀 처지가 아닌 것이다. 손책은 강릉성에 있는 주유에게 영안성을 공격하도록 편지를 보냈다. 그 내용은,

「슈발, 주유. 그쪽은 너에게 맡기마」

영안성을 공격하던 주유, 사망ㅋ 이 소식을 전해들은 손책은 이어서 후임을 정했다.

「노숙, 시상성까지만 지켜라」

시상성까지 뺏긴 노숙, 사망ㅋ

「여몽, 너만 믿는다」

유수구까지 밀린 여몽, 사망ㅋ 손권 또한 같이 싸우다 전사하였다. 그 배후에는 조조가 있었다. 그의 노련함이 빛을 발한 것이다. 건업성, 이로써 곁에는 태사자, 손책, 육손과 가후, 한당, 장소와 같은 인재뿐이었다. 하지만 촉나라의 공수부대로 인해 전ㅋ멸ㅋ 조운과 장비, 위연은 건업성으로 들어가서 포로 잡기에 들어갔다. 조운이 마주친 자는 손책이었다.

"네놈이 손책이냐! 매우 잘생겼구나!"

"너야말로!"

자칫하다간 BL이 될 것 같은 두 장수는 서로 어울리며 싸웠다. 120합 경과,

"조운! 손책을 붙잡았다!"

하지만 더욱 무서운 것은 태사자였다. 장비와 위연이 그에게 달려들어 2:1 싸움을 펼쳤지만 전혀 밀리지 않았다. 이때, 유비가 달려들어 3:1 싸움을 펼치도록 유도했다. 결국, 태사자는 붙잡히고 말았다. 그리고 마지막 보스, 감녕이 남았다. 감녕은 전광석화

처럼 이리저리 움직이며 장수들을 잡아냈다. 조운도 만만치 않았다. 점프해대는 감녕에게 자신도 점프해서 맞서댔다. 마지막에는 조운이 감녕을 잡아냈다.

· · · · · · · · · · ·

유비와 장비, 비록 관우는 저세상으로 떠났지만, 어찌 됐든 간에, 224년 한중왕 유비는 천하 통일을 이룩했다. 제갈량과 조운, 장비가 말을 꺼냈다.

"축하합니다. 유비 님. 드디어 천하 통일이 되었군요ㅋ 다 저 때문 아니겠습니까ㅋ"

"유비 님에게 영원한 충성을!"

"성님, 관우 형님은 사라졌지만, 남은 우리만으로라도 즐겁고 행복하게 삽시다."

"크아아아앙아아앙아아아! 각ㅋ성ㅋ"

그때였다. 장비가 쓰러뜨렸던 하후돈이 완성 주변에서 각성에 성공한 것이다. 이에 유비군은 전부 하후돈을 향해 움직였다. 제갈량이 말했다.

"저건 마력을 증폭시켜 만든 형체입니다. 신속히 다구리 까야 합니다."

"크아아아앙아아앙아아아!"

서서가 말했다.

"어쨌든 화살로 제압해봅시다. 그게 가장 좋을 터!"

서서의 지시로 인해 병사들이 수많은 화살을 날려 하후돈을 찔렀으나 영 꼼짝하지 않았다. 그때였다. 조운이 묘안을 냈다.

"제 청공검이라면 꼭 상대할 수 있을 것 같습니다. 출격을 허락해 주십시오!"

이에 유비가 승낙하였고, 조운이 말을 박차고 나가 하후돈의 심장에 검을 꽂았다. 나름대로 효과는 있었다. 이번엔 장비의 장팔사모로 하후돈의 뒤를 후렸다. 그다음엔 위연이었다. 창 여러 번 쑤시기로 하후돈을 갈겼다. 하지만 각성한 하후돈은 달랐다. 극으로 돌리기를 사용하여 세 장수를 타격을 주었다.

"내가 나서겠다! 모두들!"

유비가 나서겠다 하니 병사들이 기운을 내어 유비와 같이 하후 돈에게 향했다. 총대장을 따라가다 죽는 이의 목숨은 얼마나 안타까운가… 숭고한 희생이라 할 수 있다. 마침내 유비, 장비, 위연, 조운이 한순간에 사방에서 하후돈의 심장을 찔렀다. 결국, 하후돈은 각성이 풀리고 쓰러졌다. 이때, 조조가 달려왔다.

"하후돈!"

"으… 맹덕…"

"하후돈, 이제 무사하네. 자네는 무사해! 하하핫!"

"으으, 기억이… 안나…"

조조는 유비에게 감사의 뜻을 표했다.

"고맙소, 유비. 정말 고맙소!"

"우리는 마땅히 해야 했을 임무였소. 너무 고마워 마시오."

조조와 하후돈은 초현으로 돌아갔고, 유비군은 건업성 황궁으로 들어갔다. 그곳에는 헌제가 있었다. 헌제가 반가운 얼굴로 유비를 맞았다.

"오오, 유황숙! 그동안 수고가 많았…"

「푸슉」

"아…… 유황…숙…"

유비는 쌍고검으로 헌제를 단숨에 찔렀고, 헌제는 무참히 살해 당했다.

"이제 한실은 내 것이다… 촉이 아닌 한으로 하면 모든 이들이 내 정통성을 인정하겠지. 흐흐, 흐하하하!"

좋았어, 이제부터가 시작이다! 유비는 천하 통일을 기점으로 삼아 대부분의 인물을 숙청하려 들었다. 그것도 서서가 숙청되자 모든 이들은 깜짝 놀랐다. 개국공신이었으니 말이다. 이 사건 때문에 제갈량에게 찾아가 숙청 안 당하는 방법을 모색했다. 그런데 제갈량의 발언이 압박이었다.

"야이 병맛 같은 놈들아, 개국 0순위가 나인데 그걸 어떻게 너희한테 알려주냐? 꺼져ㅎㅎ"

이번엔 손건이 유비에게 찍혀서 죽었다. 다음엔 법정이 신음을 내며 죽었다. 이로써 숙청은 책사들만 적용되는 것을 알 수 있었다. 그러한 사실을 안 장완과 비의도 제갈량에게 찾아와 물었다.

"제갈량님, 우리는 촉나라의 미래가 아닙니까? 마땅히 살아야 할 존재란 말입니다."

"제발 우리를 살려주십시오."

"음… 좋다."

"오오!"

"오오!"

"대신 유비 님에게가 아닌 동물에게 뒤질 각오를 해야 하오."

"……?"

장완과 비의는 남방정벌로 떠나서 맹획에게 잡혀 뒤졌다. 그 다음엔 제갈량과 마속이었다. 수갑을 찬 채로 유비 앞에 무릎 앉았다. 유비가 말하였고, 제갈량이 답변했다.

"너희, 나한테 뭐 잘못한 거 있지 않냐?"

"없습니다. 그러니까 정신 좀 차려 시발새끼야!"

"뭐야? 시발놈아, 이것이 단단히 정신이 나갔구나!"

그때, 제갈량 옆에 있던 마속이 설전에 들어갔다.

"제갈량 님은 아무런 죄가 없습니다. 지금 유비 님도 아무 말 못 하시지 않습니까?"

"…… 좋다. 너희는 패스한다. 나가 봐."

수갑을 풀고 바깥에 나간 제갈량과 마속은 서로 하이파이브하며 기뻐했다.

"올, 마속. 너 좀 한다?ㅋㅋㅋㅋㅋ"

"이것도 다 제갈량 님 덕분이지요ㅎㅎ"

이번엔 윤묵과 곽유지, 마량이었다. 책사라 그런지 심하게 떨려서 말도 제대로 못 하는 모양이다. 유비가 기회를 줘도 문제다.

"사형!"

"아이고! 유비님!"

마지막으로 방통 차례를 맞이했고, 방통이 말했다.

"유비님, 설마 저를 죽이려는 것은 아니겠죠?ㅎㅎ"

"ㅎㅎ 그렇겠지. 물러가시게."

코믹삼국지 | 157

이번 숙청에서 윤묵, 장완, 비의, 마량, 곽유지, 서서, 법정, 손건, 총 8명의 책사가 숙청되었다. 유비는 슬슬 모든 장수를 세뇌시키기 시작했다. 오직 유비만 충성해야 한다는 식으로. 이를 심히 걱정하는 제갈량이 방통과 함께 의논했다. 제갈량이 방통에게 말했다.

"이런 십바… 유비님의 세뇌 능력이 장난이 아니오. 사원은 어떻게 생각하시오?"

"음… 이대로 두면 우리마저 세뇌될 것이오. 유비를 죽여야 하오."

오호대장군 중 마초가 있었는데, 그는 아직 세뇌되지 않았다. 제갈량과 방통은 그에게 진지하게 부탁을 하였다. 그랬더니 마초가 매우 놀라는 것이 아닌가…! 그의 의견을 들어보자.

"유비님이 그런 사람일 줄이야… 미친놈이구려. 난 당신들을 돕겠소. 마대도 내 사촌 동생이니 나를 도울 것이오."

그때, 제갈량이 반대 의사를 표했다.

"아니, 자칫하면 마대도 위험할 수 있소. 지금은 마초님만이 단독으로 황궁으로 들어가 유비를 죽이는 것이 가장 현명한 방법일 수 있단 말이오. ㅅㅂ놈아."

제 17 장
유비 숙청전

건업성 회의장, 유비군.

"유비 님, 만세!"

"만세!"

"유비 님, 만세!"

"만세!"

이제 대부분의 유비군은 유비를 충성하는 것뿐만 아니라, 장수들을 좀비로 만들었다ㅋㅋㅋ 아 병맛스럽구만! 유비는 이제 슬슬 무장들 또한 자기편으로 만들려고 하였다. 위연의 저택, 유비는 단신으로 들어가 위연과 마주쳤다. 위연은 유비가 왜 자기 저택으로 왔는지 궁금했고, 유비는 위연마저 세뇌하여 들었다.

"유비 님, 유비 님은 나의 영웅!ㅋㅋ"

"오 좋았어 위연도 내 편!ㅋㅋ"

"유비 님은 나의 영웅!"

"ㅋㅋㅋㅋ"

유비와 위연이 바깥에 나오니, 좀비들이 잔뜩 모여있었다. 그 와중에는 자신이 죽이라 지시했던 8명의 책사도 함께였다. 그들은 좀비끼가 들어서 마법도 사용할 줄 알았다. 그렇다. 병맛 중에도 특급병맛인 것이다.

. . . .

건업성 바깥 진지, 사태의 심각성을 인지한 조운과 장비도 제갈량과 방통을 찾아왔다. 제갈량은 우선적으로 병사들을 모을 필요가 있음을 표했다. 제갈량이 한숨을 쉬며 말했다.

"이럴 때 간옹이 있었더라면…ㅋㅋ 아 내가 말하고도 왜 이렇게 웃기지ㅋㅋ"

제갈량은 요화를 불러 병력을 모아 이곳에 집결토록 했다. 그리고 그 스피드는 과연 기적이었다. 요화는 3만 병사를 불러모았다. 요화가 제갈량에게 보고했다.

"3만 병사를 데리고 왔습니다. 또 다른 지시는 없으십니까?"

"아주 최고요."

"감사합니다!"

지금 현재 상황은 유비군이 건업성 내부에서 버티고 있었고, 제갈량이 지시하여 단숨에 건업성을 공격하였다. 아무래도 좀비다 보니 활 쏘는 능력은 미숙하였다. 제갈량이 발명한 연노 기술로 성곽 위에 서 있던 좀비들을 순식간이 제압하였고, 사다리차를 통해 성곽으로 올라간 대부분의 제갈량군이 치사하게 보이게끔 얍삽이(?) 전략을 구사하였다. 황궁에는 유비의 모습이 보였다. 마초가 유비를 향해 힘껏 소리쳤다.

"야이 개같은 후레자식아! 좀비를 지휘하다니, 네가 그러고도 한 중왕이냐!"

그때, 마초의 후진에서 공격해오던 장비가 마초에게 큰소리로 외쳤다.

"마초! 뒤를 조심하시오!"

"응?"

「푸슉」

"크으윽… 넌…"

마초를 창으로 찌른 자는 바로 마대였다.

"야이 개객기야! 날 몰라보느냐!"

"유비 님에게… 충성을 다 할 뿐…"

"시발!"

마초가 쓰러진 뒤, 이번엔 장비가 마대에게 덤볐고, 마대 또한 배를 찔려 쓰러졌다.

"장비 님! 그 녀석은 내 사촌 동생이란 말이오! 아직 모르시겠소?"

"사촌 동생이기 전에 좀비다. 내 말에 이의 있냐?"

"으으으… 말문이 막히는구려."

"자, 일어나시게. 서량의 금마초가 이 정도 타격으로 쓰러지진 않겠지?"

"무, 물론이오! 장비 님은 대단하구려. 멘탈이 굉장한 듯하오."

"흐흐, 갑시다!"

"예, 장비 님!"

장비와 조운, 마초가 파죽지세로 유비를 향해 나아갔고, 황궁에 있던 유비는 책사들을 믿고 왕의 자리에 앉아있었다. 마침내 장비와 마초가 황궁 안으로 들어갔다.

"죽이자…!"

"예…!"

들어가자마자 유비의 발언과 함께 무슨 마법같은 게 퍼져나갔다. 이에 장비와 조운, 마초가 접근하기 어려워 잠깐 뒤로 빠졌다. 이윽고 제갈량과 방통이 다시 들어가자고 재촉했다.

이미 적군의 마법 패턴을 파악한 제갈량과 방통이 쉽게 피하고 있었고, 장완과 비의가 먼저 사망, 그다음엔 마량과 서서와 같은 책사들이 차례대로 사망했다. 이제 남은 것은 유비와 위연이었다.

"위연… 나가라…"

"싫은데?"

" ……!?"

「푸슉」

유비의 곁에 있던 위연이 도리어 유비를 작살냈다. 위연은 좀비가 아니었다. 이로써 제갈량, 방통, 조운, 장비, 마초, 위연만 남았다.

"모두 끝났군요."

어찌 됐든 간에 천하 통일이 된 이상 장수를 배분해야 할 것이다.   오나라 책사 중에 살아있는 자들은 모두 석방해 지역마다 적절히 나눴다. 유비의 아들 유선이 낙양성으로 입성하였고, 제갈량과 방통이 어린 유선을 대신해 정치를 펼쳤다. 위로는 마초, 서로는 장비, 남로는 조운, 수도는 위연이 도맡았다.

유비가 제갈량과 방통을 살려준 이유는, 그들 덕분에 한중왕이 될 수 있었고, 천하 통일을 이뤘기 때문이었다. 혹시라도 유비가 마지막까지 좀비가 아니었다면? 단지 누군가에게 조종을 당한 것이라면? 아무도 모른다.

. . . .

낙양성, 황궁 바깥, 많은 병사가 대오를 갖춰 서 있었고, 유선이 방통이 말하는 대로 말했다.
"에, 어버버. 어버버."
방통은 이런 생각을 하지 않았을까.
'이건 뭐 막장이 따로 없구나.'
유선이 이끄는 촉나라는 참으로 선했다. 여러 대단한 무장들이 중국을 지켜주고 있었기 때문이다. 촉나라 원년 멤버인 조운과 장비, 마초, 위연이 그들이다. 다만 아쉬운 점은 제갈량과 방통을 제외한 모든 책사가 박ㅋ살ㅋ 난 점이 흠이다.

제 18 장
천하통일

3개월 뒤, 조운과 장비, 마초, 위연, 조조와 하후돈은 현 황제 유선을 뵀다. 여기서 유선의 답변은 심히 압박이었다.

"통치하고 싶은 대로 해. 난 도저히 정치를 모르겠어. 맨날 어려운 표현만 줄줄 써대고 말이야."

유비는 죽었다. 손책은 반역자다. 그렇다면…

"조조 님이 통치하시오."

조운의 발언에 조조는 깜짝 놀랐다. 타 세력의 장수가 자신에게 왕위를 넘기다니…

"정말 괜찮겠소? 조운…"

이때 조조의 생각,

'와 시발 조운같은 장수가 내 수하가 되다니ㅋㅋㅋ정ㅋ벅ㅋㅋ!'

다시 조조의 발언,

"흐, 크흠… 그럼 어쩔 수 없이 조운을 내 수하…"

"예?"

"아, 아니오! 그래도 괜찮다면 내가 통치하도록 하지."

조운 뿐 아니라 장비도 찬성하는 분위기였다.

"조조 님, 부디 촉나라를 잘 이끌어주시오."

"음! 잘 알겠소. 여러분도 날 따라주시오. 새로운 역사를 창조합시다!"

하후돈도 조조를 인정하였다.

"맹덕, 난 죽을 때까지 그대 곁에 있을 것이오."

"하후돈, 너무 긴장 태우지 마시오. 안 그래도 열심히 할 것이오!"

"ㅎㅎㅎ?"

"ㅋㅋㅋ!"

드디어 난세가 끝났다 싶었다. 수도를 경비하는 위연을 제외하고 조운과 장비, 마초는 2세에게 천하를 맡기고 농사꾼이 되어 낙양성 주변에서 자리 잡고 농사를 하고 있었다. 이러한 평화가 계속 이어질 것 같았다… 아니, 이어졌다ㅋㅋ

"장비 님! 우리 김치담그기 하나 내기나 합시다!"

"좋소. 조운 님! 스타트 끊을 한 사람이 필요한데…"

그때, 마초가 나섰다.

"저기 100m 멀리 있는 김치를 담그는 겁니다. 자, 시작합니다. 하나, 둘, 셋!"

난세는 확실히 끝났다. 이제 더 이상의 전쟁은 없다. 내가 보증한다. 안타까운 점은 조조의 나이가 많다는 그 점뿐이다. 유비는 돗자리 장수로 시작하여 촉나라를 세웠고, 조조는 관직을 가진 채로 시작하여 위나라를 세웠으며, 손책은 원술에게 옥새를 바치며 오나라를 세웠다. 그렇게 시작한 난세는 정말로 끝이 났다.

마초의 판정승을 더불어 장비가 목소릴 냈다.

"조운 승!"

"하아, 하아, 조운. 정말 재빠르구려. 그 스피드는 어디서 배운 것이오?"

"나처럼 운동해서 살만 빼면 그걸로 충분하오."

"뭣이여? 지금 나 놀리는 것이오?"

"거짓말이 아니외다. 진실이오."

"크흠… 나도 운동 좀 해야 하나…"

이때, 마초가 나섰다.

"조운 님, 이번엔 저랑 해봅시다."

"오오, 마초님. 좋습니다."

이번엔 장비가 스타트를 끊었다.

"하나, 둘, 셋!"

 조조 일행은 낙양성에서 사무를 담당하고 있었다. 어느 날, 하후돈이 조조에게 찾아왔다.

"맹덕! 오랜만에 사냥이나 하러 나가지 않겠나?"

"오오, 하후돈. 그거 좋은 생각이야. 장비 세팅하고 찾아가겠네."

둘도 없는 친구, 조조와 하후돈, 그리고 병사들은 사냥하러 나갔다. 사슴이 돌아다니면 말을 박차고 나가 화살을 날려 잡았다. 그렇게 둘은 총 23마리를 잡고 돌아왔다. 병사들이 잡아 온 사슴은 죄다 사슴고기로써 민중들에게 바쳤고, 이에 민중들은 감사의 뜻을 표했다.

· · · · · · · · · · ·

 건업성, 쇠창살. 손책은 노심초사하고 있었다. 그런데 그때, 누군가가 다가오더니 열쇠로 문을 여는 것이 아닌가. 손책은 그를 주목하였다.

"강동의 소패왕 님, 이제 나오셔도 됩니다. 천하는 이미 통일되었습니다."

"헐, 뭐라고?"

"통일되었습니다. 그러니 나오시길."

"시발… 내가 하고 싶었던 통일이었는데… 시발!"

코믹삼국지

지은이_ 최승태
1판 1쇄 발행_ 2017년 10월 15일
발행처_ 하움출판사
발행인_ 문현광
교정교열_ 조세현
디자인_ 주슬기
광주광역시 남구 주월동 1257-4 3층 하움
저작권자_ 최승태

ISBN 979-11-88461-05-9 (03810)

홈페이지_ http://haum.kr/
이메일_ haum1000@naver.com

값은 뒷표지에 있습니다.

좋은 책을 만들겠습니다.
하움은 독자 여러분의 의견에 항상 귀 기울이고 있습니다.